이세계 미식회

미래에는 정말로 이런 음식이 있지 않을까?

책을 읽고 리스 작가는 자신의 세계관을 자유롭게
구사하는 마법사임을 느꼈다.

- 허밍북스 편집자 추천사 -

이세계 미식회
Isekai Gourmet
Ris 리스

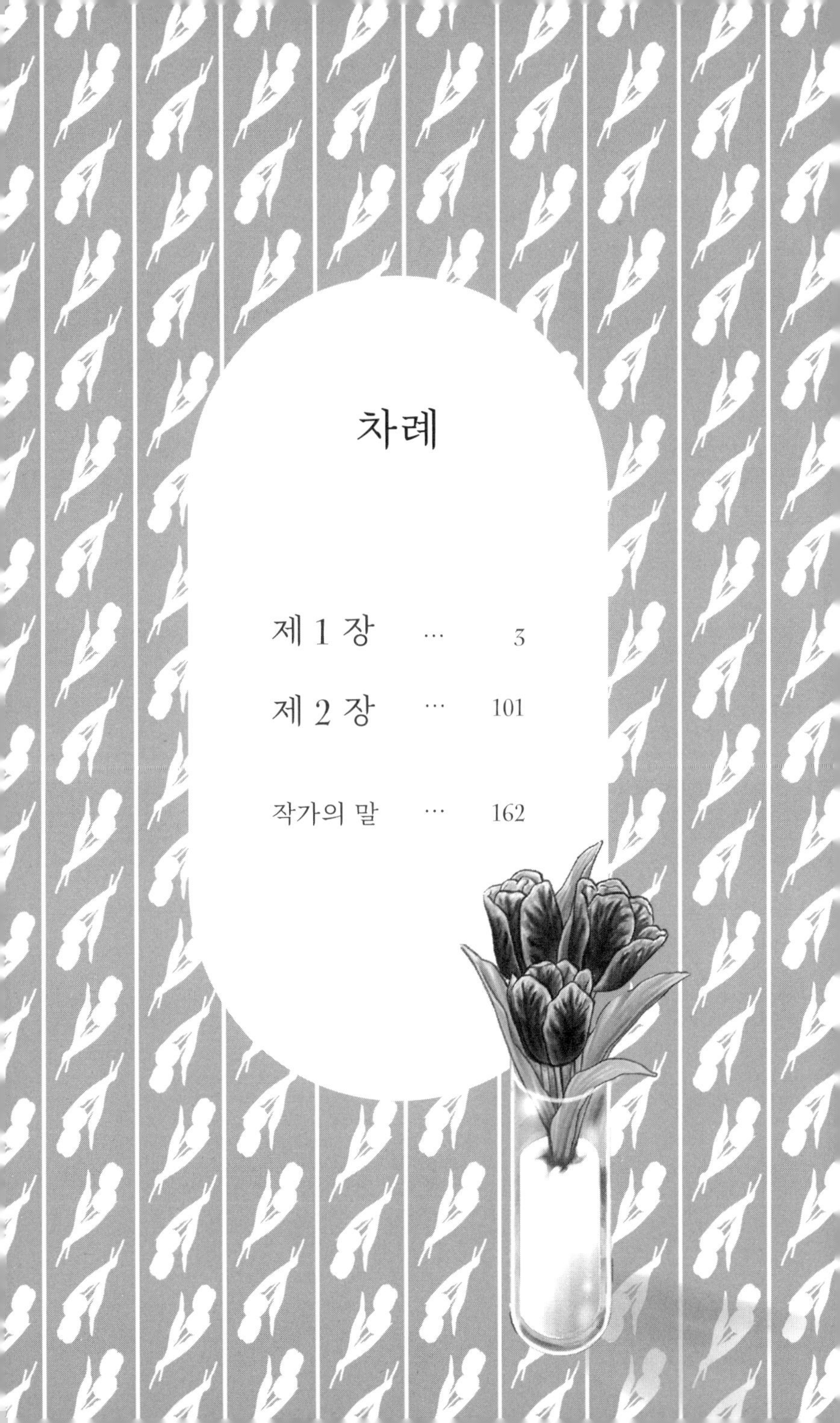

차례

일러두기

1. 홀스타인은 인류가 2,000년 넘게 사육해 온 가장 오래된 젖소 품종이다.
2. 메이지 유신 시기 일본 정부는 일본인 우량화를 목표로 우유 장려 정책을 추진했다.
3. 백내장은 위와 창자를, 적내장은 백내장을 제외한 간, 허파, 심장, 신장 등을 일컫는다.
4. 1845년 아일랜드는 영국의 수탈로 인해 감자 외엔 먹을 것이 거의 없었고, 감자역병으로 전체 인구의 8분의 1에 해당하는 100만 명이 굶어 죽었다.
5. 수컷 돼지는 웅취를 막기 위해 전부 거세하는 것으로 알려져 있으나, 실제로 웅취가 발생하는 개체는 전체의 약 4%에 불과하다.
6. 밀히라이스는 쌀과 우유로 만든 푸딩이다.
7. 아뮤즈부쉬(amuse-bouche)는 식사 전 제공되는 한입 크기의 요리다.
8. 퓨린은 맥주, 내장, 해산물 등에 많이 함유되어 있으며, 과다 섭취 시 통풍을 유발할 수 있다.
9. 앙트르메(entremets)는 과거 정찬 코스에서 제공되던 공연적 성격의 요리를 말한다.

제 1 장

나의 고향에는 온갖 산해진미가 넘쳤다.

산과 평야, 강과 바다가 한데 모여 있는 고향에서는 '산해평강 덮밥'이란 요리가 유명했다. 그것은 산과 평야, 강, 바다를 한 그릇에 담은 음식이며, 식재료의 네 가지 산지 조건을 모두 충족하면 어떤 식재료라도 상관없어서 가게마다 산해평강 덮밥의 재료가 달랐다. 산해평강 덮밥은 계절별로 봄 덮밥, 여름 덮밥, 가을 덮밥, 겨울 덮밥으로 세분될 수 있었다. 봄 제철 식재료만 사용하면 봄 덮밥이라고 불렀고 계절마다 달라지는 새로운 식재료가 주는 기대감 덕분에 절대 질릴 수 없는 음식이었다. 아버지는 어린 나를 데리고 단골 식당에 산해평강 덮밥을 자주 먹으러 갔다. 고향의 요리사가 우리에게 산해평강 덮밥을 건넬 때 요리사의 목소리에 항상 자부심이 넘쳤다.

"가을의 풍요로운 맛을 담았습니다. 깊어지는 가을의 맛에 반하실 겁니다."

요리사는 산의 재료로 단풍잎 튀김과 은행, 바다의 재료로 자연산 대하, 강의 재료로 연근, 평야의 재료로 감자를 크림처럼 만든 퓌레를 한그릇에 올렸다. 보통 고향의 요리사들은 직접 각 산지에 가서 싱싱한 제철 재료를 고르고, 재료마다 최상의 맛을 위한 조리법을 사용했다. 좋은 제철 식재료는 요리의 기본이지만, 고향의 식당들은 좋은 식재료에만 의존하지 않았으며 무슨 재료든 가리지 않고 맛의 조화를 이루며 재량껏 맛있는 창작 요리를 만들어냈다. 당시 나는 무척 어렸지만 고향의 요리사들이 모두 각자 요리에 담아낸 철학과 진심을 느꼈고, 항상 고향의 요리를 진심으로 대했다. 이런 환경 덕분에 내가 세계 최고의 미식 전문 잡지인 〈아르미(Art 味)〉의 맛 칼럼니스트가 될 수 있었던 것 같다.

Le Cordon Bleu

나의 고향에는 코르동블뢰, CIA 같은 요리학교는 없지만 좋은 요리사를 많이 배출했고 매일 바람이 선선하고 햇빛이 찬란했다. 대기업 회장의 개인 농원이 우리 고향에 있을 정도로 빛 좋고 물 좋았다보니 모든 것이 건강한 햇빛을 양분 삼고 무럭무럭 튼실하게 자랄 수 있어서 산해진미가 넘쳐났다. 고향에서 나는 우리 집 젖소와 함께 넓은 들판에서 뛰어놀며 건강하게 자랐다. 우리 집에서 만든 우유, 버터, 치즈, 요거트가 산해평강 덮밥에 들어갔는데 1960년대 후반부터 가문 대대로 '팔계목장'이란 이름의 목장을 운영해 온 우리 집은 70두 내외의 젖소를 키웠다. 1969년 고향 성당에 새로 부임한 네덜란드 귀족 출신 신부에게서 유럽 수도원 치즈와 요거트 기술을 전수받은 것을 시작으로 가문 대대로 치즈를 생산해 왔다.

현재 목장 규모가 줄었지만 팔계목장에는 착유우 32두에 건유우가 5두 정도 남아있고 매일 우유를 1톤 정도 생산하고 있다. 예전에 원유 가격은 리터당 1,083원에다가 원유 생산비는 리터당 1,003원이라서 1톤의 순이익은 80만 원에 불과했던 때가 있었다. 당시 밀크플레이션 때 수입산 곡물 상승으로 우윳값을 올려야 했는데, 우유 회사는 우윳값을 잘 올려주지 않아서 많은 낙농가가 경제적으로 어려웠다. 하지만 팔계 목장은 크게 타격을 받지 않았다. 고향에서 유럽 출신 신부들이 새로 부임할 때마다 고국에서 다양한 품종의 젖소를 도입해 온 덕분에 아버지는 이미 젖소를 종류별로 다양하게 키우면서 다양한 우유와 치즈를 생산하고 있었다.

그 시절 아버지는 네덜란드의 홀스타인 젖소 외에 영국의 저지, 건지, 스코틀랜드의 에이셔, 알프스의 브라운스위스, 프랑스의 몽벨리아르드, 노르망드, 브라질의 지롤란도 젖소를 사육했다. 노르망드 젖소한테서 전통 방식의 까망베르 치즈를 생산할 수 있고, 저지와 건지 젖소의 우유로 만든 버터는 노랗게 잘 나오고, 도시의 미식가들이 저지와 브라운스위스 젖소의 우유에 값을 더 많이 쳐줬다. 특히 다양한 젖소에게서 한우의 수정란을 이식해 우유도 얻고 한우 송아지도 생산하며 목장의 부가 수익을 높였던 것으로 기억한다.

홀스타인 육우보다 한우고기를 사먹는 소비자가 더 많으니 차후 나의 대학 등록금에 보탬이 될 수 있었다. 국내산 육우 꽃등심이 바로 젖소고기이며 **네덜란드 홀스타인 꽃등심**을 구워 먹고 싶어 하는 미식가는 아무도 없었다. 그래서 젖소에게 한우 송아지뿐만 아니라 고기용 와규 송아지, 블랙 앵거스 송아지까지 생산하며 다양한 미식의 수요를 충족할 필요가 있었다.

돈을 더 많이 벌려면 젖소에게 한우 세쌍둥이를 출산시키는 방법도 있었다. 하지만 아버지는 그렇게 안 해도 내 대학 등록금 정도는 벌 수 있다면서 우리 집 살림을 보태주는 소중한 젖소를 무리시키고 싶지 않다고 했다. 아버지는 소를 유난히 아껴서 생산 능력이 떨어진 젖소라도 쉽사리 처분하지 않았으며 항상 "소가 팔계를 키웠다"는 말을 입에 달고 사셨다. 팔계는 내 이름이다. 아버지는 내가 올바르게 자라기를 바라서 내 이름을 불교식으로 지었다고 했다.

소가 날 키워준 건 인정하지만, 아버지는 나를 미식가로 키워줬다. 내가 아버지한테 배웠던 고기의 맛은, 소는 품종과 상관없이 성별에 따라 맛이 다르다는 것이다. 어떤 소고기가 고급인지 잘 모르겠지만 내 개인 취향으로는 거세우 고기보다 숙성을 잘한 암소 고기가 맛있으며, 돼지 역시 수퇘지보다 암퇘지 고기가 더 맛있다고 생각한다. 송아지나 새끼 돼지도 살이 연하고 맛있지만, 암컷의 고기에서는 암컷만의 단맛과 풍미가 내게는 느껴진다. 아마 이 세상 암컷 포유류의 고기는 다 그럴 것이다.

*

현재 아버지는 목장 일을 어느 정도 쉬고 계신다.

젖소도 조금씩 은퇴하고 있고 아버지는 쉬엄쉬엄 일하고 있다. 이제 내가 번듯한 직업이 있으니 젖소에게 일일이 수정란 이식을 해서 목장의 부가 수익인 한우 송아지를 생산할 필요성이 없어졌기 때문이기도 하지만, 전쟁 때문에 사룟값 상승으로 끊임없이 고공 행진하는 밀크플레이션과 인조고기로 한우 송아지 가격이 폭락한 것이 원인이기도 했다.

'**궁극의 인조고기** *Ultimate Lab Meat*'라고, 다짐육 수준에 그쳤던 기존의 인조고기를 보완한 기술이 개발되었고 그 고기는 시장에 저렴하게 보급되었다. 그것은 미식가들이 진짜 고급육이라고 착각할 정도로 육즙과 지방육까지 완벽히 구현하였고, 맛이 실제 고기와 흡사했다. 잡지사에서 편집장님이 '스님과 완전 채식주의자의 인조고기 미식회'라는 흥미로운 기획을 진행한 적이 있었고, 살생 없는 고기라서 그들은 인조고기 스테이크를 제대로 먹기도 전에 그 맛을 '선미(善味)'라고 호평했다.

그 미식회에 함께 초대된 완전 육식주의자의 말에 따르면, 도축고기와 인조고기에 맛의 차이가 없었다. 그럼에도 일부 카니보어 미식가들은 여전히 도축고기를 원했다. 그들은 세상의 모든 전통 요리와 별미가 사라질 위기에 처했다면서 인조고기 그 자체를 싫어했는데, 인조고기 기술로는 소머리와 돼지 척추뼈, 순대에 쓰이는 돼지 소장, 자궁, 막창 그리고 오소리감투, 벌집, 천엽, 양 같은 내장 부산물을 만들지 않기 때문이었다. 그들은 뼈에 붙은 고기와 물렁뼈까지 손으로 정성스럽게 다져서 만든 미트볼과 츠쿠네(つくね)가 별미라며 목소리를 높였다. 하지만 나는 고향의 산해평강 덮밥처럼 특정 재료에 구애받지 않고 열린 재료를 사용하는 창작 요리의 무한한 가능성을 볼다면 언젠가는 인조고기에 걸맞은 새로운 요리법이 나올 것이라고 기대하는 바다.

고향의 요리사들은 틀에 얽매이지 않았다. 폭염으로 여름 식재료를 제때 구하지 못하였을 때 그들은 스마트농업 식재료와 냉동 식재료를 활용했더니 오히려 다채로운 사계절이 담긴 〈비발디 사계 덮밥〉이 탄생했고 미식가들에게 호평을 받았다. 사계절에 구애받지 않는 스마트농업 식재료와 냉동 식재료도 좋은 요리가 될 수 있는 것처럼 인조고기도 충분히 좋은 식재료가 될 수 있다고 미식가로서 생각하고 있다.

내 비록 미식가이고 소머리는 먹을 줄은 알지만 썩 좋아하는 식재료는 아니다. 내 고향은 널린 게 살코기였고 모두 소머리를 잘 먹지 않았다. 비위가 약해서 생 소머리를 다루고 싶어 하는 요리사는 보통 잘 없었다. 소머리는 일 때문에 편집장님과 함께 서울의 유명한 소머리곰탕 음식점에서 취재 목적으로 처음 먹어봤는데, 의리적으로 소머리는 왠지 먹기가 꺼려졌다. 우리 집에서 워낙 소를 소중히 키워왔고, 어릴 때부터 죽 나를 반겨주던 젖소의 얼굴이 생각나서 처음에는 뚝배기 속 소머리 고기를 제대로 쳐다보지도 못했다. 50년 전통을 이어온 소머리 곰탕집 직원이 무척 자부심에 넘치는 목소리로 나에게 친절하게 설명했다.

"우리 곰탕집은 국내산 황소 머리를 사용했고 우설, 콧살, 볼살 등 다양한 부위를 맛볼 수 있으며, 가문 대대로 내려오는 비법을 써서 잡내가 전혀 나지 않습니다."

나는 그 설명에 왜인지 식욕이 떨어졌다. 미식가는 언제나 자세하게 설명을 들을 필요가 있었으며 몰라도 될 것을 다 알아야 했다. 심지어 소의 원산지도 고향 지역이었다. 고향은 최고급 산지로 유명했다. 일단 직업상, 나는 전문 미식인답게 놋수저로 곰탕 국물을 떴다. 볼살을 집어서 입에 가져가려던 순간, 어린 시절 맡았던 소 냄새가 확 났다. 역겨운 냄새 때문에 그런 게 아니라 친숙한 향기 때문이었다. 곰탕을 먹는데 하필이면 내 어린 시절 학교에서 돌아온 나를 반겨주는 젖소 콩비에트(Conviette) 생각이 났다. 콩비에트는 동네 어른들이 기르는 가축 동물에 정이 들면 안 된다고 해서 프랑스 버터 이름으로 붙인 것이었다. 비록 잡냄새 없는 암소고기라고 하나, 머릿고기는 소의 여러 부위 중 소의 향기가 제일 진하게 느껴지는 부위였다. 내가 소머리곰탕 냄새에 잠시 눈을 깜빡이자 사오정 편집장님이 걱정하는 표정으로 나를 바라봤다.

"팔계 기자, 곰탕에 무슨 문제라도 있는가?"

소머리곰탕은 전혀 문제가 없었다. 내가 소머리곰탕에 전혀 문제가 없다는 것을 이미 잘 알고 있다. 오픈형 주방 속 깨끗한 조리실 내부를 바라보며 이런 생각이 들었다. 아마 곰탕집 요리사는 매일매일 빠는 새하얀 조리복을 입고 주방을 청결하게 청소하며 손님들이 먹기 좋게 정성스레 소머리의 털을 깨끗이 다듬고 나쁜 잡내를 잡기 위해 핏물을 열심히 뺐을 것이다. 보통 토치로 소의 뿔이 있던 자리와 귓속의 잔털을 태워서 제거해 준다. 소머리 손질에는 골 제거 작업과 눈알을 파야 하는 작업이 반드시 수반되었다. 필요하면 소의 충치도 제거할 수도 있었다. 곰탕 국물에 핏덩이 같은 불순물이 없는 게 참으로 맑았고 나쁜 냄새는 나지 않았다. 기름이 뜨지 않은 것으로 보아 매일 새벽마다 식혀서 기름을 걷어냈을 것이다. 청명한 국물 속 소머리 고기는 양이 풍성하고 예쁘게 썰려 있었다. 머릿고기의 단면이 빛의 회절현상으로 무지갯빛으로 반짝였다. 이것은 손님이 먹는 음식이 맞다. 그것도 까다로운 소머리를 다듬어 만든 것이니 요리사의 정성이 많이 느껴졌다. 그저 내가 문제였다. 나는 맛있게 드시는 편집장님에게 차마 솔직하게 대답할 수 없어서 재빨리 아무 말이나 대충 둘러댔다.

"사실은 제가 빈혈이 있습니다."

금방 탄로 날 것 같은 거짓말을 해버렸다. 하지만 편집장님은 무척 의아해하면서도 더욱 걱정스러운 눈빛으로 나를 바라봤다.

"남자한테도 빈혈이 있어?"

편집장님이 꽤나 걱정스러워하시자 나는 낙농가에 자라서 우유를 물처럼 매일 많이 마시다 보니 필연적으로 빈혈이 생겼다고 둘러댔다.

“가능합니다. 우유는 칼슘과 단백질이 풍부하지만, 철분 함량이 매우 낮아서 철분 결핍성 빈혈을 유발합니다. 우유 속 칼슘이 철분 흡수를 방해할 수 있습니다. 모순되게도 포유류의 젖은 암컷 혈액의 영양분에서 생성됩니다.”

“그럼, 옛날 일본 사람들이 메이지 유신 때 우유를 소의 피라고 기피하던 것이 맞았군.”

“정확히 우유는 소의 피가 아닙니다.”

나는 곰탕의 고기 위에 다대기를 올렸다. 알싸한 다대기의 향기 덕분에 소의 향기가 어느 정도 나지 않았지만 그래도 소의 향기가 났다. 소의 볼살을 입에 넣고 씹어 먹었다. 처음에는 제대로 씹어 먹지 못했지만 확실히 머릿고기는 소고기의 부위 중에서도 제일 부드럽고 맛있었다. 머릿고기는 콜라겐이 풍부해 고깃결의 식감이 재미있고 쫀득하며 맛도 있지만 한편으로는 **소를 볼 낯이 없는 맛**이었다. 어린 시절 도축장을 구경한 적이 있었는데, 도축한 소머리의 크고 맑은 눈동자를 마주친 적 있었다. 짧은 순간이었으나 도축된 소의 맑은 눈동자가 뇌리에 강하게 남았다. 어쩌면 이즈니, 페이장, 아를라, 페어몬트, 프레지덩, 루어팍, 레스큐어, 르갈도 그렇게 되었을 거란 생각이 들었다. 살아있는 소의 볼살을 손으로 자주 만져왔는데, 손으로 느꼈던 촉감을 혀로 느끼자니 어색했다. 차라리 꽃등심이었다면 먹을 만했을 것 같았다. 편집장님이 빈혈에는 소고기가 참 좋다면서 소머리 수육을 더 시켰을 때 나는 그 자리에서 채식주의자 선언을 할까 고민했다.

*

사실 어렸을 때 나는 도축한 소머리의 크고 맑은 눈동자를 바라보고 5초 뒤에 기절했다. 그전에는 소고기를 맛있게 잘 먹었는데 그 이후로 소고기를 잘 못 먹었다. 거의 씹지 않고 삼켜왔다. 생소고기 냄새가 나에게 시체 냄새나 다름없이 느껴져서 소고기 굽는 냄새만 맡아도 공포스러웠고 머리가 어지러웠을 정도였다. 어른이 된 지금은 트라우마가 완화되었고, 미각과 후각이 예민한 어린시절보다 둔해져서 어느 정도 소고기를 먹을 줄 안다. 나는 소고기 트라우마를 극복하려고 23살 때 워킹홀리데이 비자로 캐나다의 한 공장형 도축장에서 일한 적이 있었다. 이 일이 아니었다면 지금쯤 소고기를 아예 평생 입에 넣지도 못했을 것이었다. 당시 나는 절개톱으로 집채만 한 소의 가슴을 가르고 백내장과 적내장을 안 터지게 살살 분리하는 작업을 맡았다. 내가 일했던 캐나다의 도축장은 가축의 비명소리가 들리지 않을 정도로 평화롭고 조용한 곳이었는데, 전기충격 기계와 총으로 순식간에 도축을 진행했다. 당시 작업반장이 나에게 설명했다.

"가축의 비명소리가 들리는 곳은 오히려 존나게 도축과정에 문제가 있다는 경고로 볼 수 있지.(*The sound of livestock screaming can actually be seen as a warning that there are fucking problems in the slaughtering process)*"

당시 나는 작업반장과 함께 현대의 공장식 도축기술로 가축동물들이 어떻게 위생적이고 빠르게 도축되는지 계류 과정부터 전살 과정까지 전부 제대로 지켜보았다. 계류과정에서 고기용 소들이 맑은 눈을 동그랗게 뜨면서 조용히 죽음을 받아들이는 모습이 내게 모르게 마음에 와닿았다 보니 식재료가 더 이상 무섭다기보다 더욱 소중하다고 느낄 수 있었고 그 생각으로 소고기를 먹을 수 있게 되었다. 여름철 캐나다의 설산을 배경으로 등지고 캐나다인 작업반장은 나에게 부모 없이 먼 타국에 와서 고생이 많다면서 아이스와인과 함께 구운 레몬을 곁들인 안심 스테이크를 대접해 주면서 말했다.

"**밀크보이**, 이 일을 하는 사람도 동물을 사랑할 수 있다는 것을 아니? 우리는 가축동물이 고통받지 않도록 최선을 다한다.(*Milkboy, Did you know that People in this job* *can also love animals? We also do our best to minimize the suffering of livestock)*"

그 당시 작업반장이 해준 레몬 소고기 스테이크가 제일 맛있었으나 그래도 젖소와의 의리로 소고기를 직접 구매해서 잘 먹지 않았다. 나는 소고기만 잘 안 먹을 뿐이지, 채식주의자는 절대 아니다. 소고기만 제외하고 닭고기, 돼지고기, 염소고기, 말고기, 양고기는 맛있게 먹을 수 있다. 그저 내가 고기 중에서 소고기에 제일 예민할 뿐이었다. 나처럼 비슷하게 고기용 가축을 키우는 축산업을 하는 채식주의자나 도축업을 하는 채식주의자도 많이 있으나, 우유와 치즈를 사랑하는 나는 채식을 시도할 생각은 전혀 들지 않았다. 많은 의사들이 채식하라고 잘 권장하지 않고 고기 섭취의 중요성을 강조하는데 굳이 채식할 필요가 없을뿐더러, 일주일간 카니보어가 채식식단을 먹으면 건강에 어떤 변화가 오는지에 대한 특집 기사에 직접 피실험자로 참여할 때 매우 힘들었던 경험이 있었다. 오히려 채식만 해서 건강이 나빠졌다. 한가지에 편중하는 식단은 건강상 이점이 부족하며 고기를 아예 안 먹을 수 없다는 판단이 들었다.

내 직업인 미식가는 맛 표현을 잘 전달해야 하는 일이다. 세계 최고 미식 잡지의 미식가는 항상 맛있고 비싸고 좋은 것만 먹는다는 오해가 있지만, 사실 미식가는 식재료에 편견을 가지지 않아야 하며 좋아하지 않는 것을 먹어야 할 때도 종종 있다. 유럽과 중국을 취재할 때는 〈중세 귀족 특식 앙트르메〉를 주제로 내 고향에서 잘 먹지 않는 소의 눈알과 다람쥐 뇌를 제대로 씹어 먹으며 독자가 이해하기 쉽도록 그 맛을 설명해야 했다. 다람쥐 뇌를 먹는데 다람쥐 가죽을 접시 밑에 장식으로 깔아서 다람쥐 냄새가 났다. 〈유럽 명화 속 요리〉때는 겉만 화려하고 실속 없는 공작새 고기도 먹어보았고 〈류큐 궁중요리〉를 취재하러 갔을 때는 돼지족발과 함께 바다뱀을 넣은 된장국(イラブー汁)을 먹어본 적이 있었다. 된장 국물에 검게 훈제한 바다

뱀의 검은 비늘이 살아 있어서 시각적으로 식욕이 떨어져도 참고 먹었다. 류큐 해변의 모래사장에서 생생하게 살아 움직이는 바다뱀을 보는 일이 흔했으니 이런 식재료를 이해해야 했다. 나는 몇 자라도 더 쓰기 위해서 바다뱀을 자세하게 100번 씹고 삼켰다. 말린 바다뱀고기는 닭고기와 결이 비슷하나 푸성귀 같았다. 식욕감퇴로 업무 외 시간에 오마카세 스시집을 방문하였더니 오히려 바다뱀술을 함께 비치하고 있었다. 유리병에 뱀이 통으로 담긴 생생한 바다뱀술을 가까이 바라보면서 먹으니 스시 맛이 잘 기억나지 않았다. 바다뱀으로 담근 뱀술은 괜찮다고 하나, 사실 바다뱀은 알을 낳으러 육지로 올라오니 육지뱀과 바다뱀 구분은 의미가 없어 보였다. 아무리 알코올로 소독하더라도 뱀술의 박테리아와 스파루가눔 기생충 감염이 우려되어 마시지 않았다. 또한, 나는 육회나 스테이크 타르타르는 아예 입에 대지 않는다. 파인다이닝 요리사가 자기 고집을 피우며 다진고기를 이븐하게 익히지 않고 간이 좋지 않은 게스트에게 속이 안 익어서 육회 수준의 다진고기를 '핑킹현상'이라고 억지주장하였을 때는 나는 요리사의 자존심을 건드리지 않고 그를 좋게 설득하느라 애를 먹었다.

그러니 이 세상에 쉬운 직업은 하나도 없다. 내가 월급을 많이 받는 데는 이유가 있는 것 같다. 그래서 잡지사에서 조금 더 경력을 쌓고 나면 고향으로 내려가 목장을 관리하며 프리랜서 글쟁이로 독립할 계획이다. 아니, 앉아서 글을 쓰는 일보다 차라리 목장일이 생산적이고 재밌다. 글 쓰는 일은 엉덩이 근손실을 유발하며 뭔가를 만들었다는 느낌이 잘 들지 않아서 재미없었고 젖소를 잘 관리해서 신선한 우유를 얻고 치즈와 요거트를 만드는 것이 더욱 보람찼다. 나는 처음부터 가업을 이으려고 고향 지역의 농업고등학교 낙농과에 진학했다. 졸업하자마자 아버지를 도우려 했지만, 내 생각과 달리 아버지는 내가 블루칼라가 아닌 화이트칼라가 되기를 원하셨다. 결국 아버지는 무리해서 나를 비즈니스 스쿨까지 보냈다. 하지만 나는 아버지 몰래 경제금융학과 대신 경제동물과학 전공을 등록해 다녔고, 식품 회사에 취직하여 현재의 직장에 이르게 되었다.

그래도 나는 연로한 아버지가 항상 걱정스러웠다 보니, 휴가 때마다 고향으로 가서 아버지와 함께 목장 일을 도왔다. 그럴 때마다 아버지는 나에게 소중한 휴가인데 뉴욕이나 가서 전통 햄버거와 프라이드 치킨이나 먹고 오라고 했지만, 나는 아버지를 빼놓고 맛있는 것을 먹고 싶지 않았다. 고생하는 아버지에게 하와이 여행이라도 함께 가자고 말했지만 아버지는 젖소를 돌봐야 한다는 이유로 거절하며 하와이를 가지 않았다. 우리 집 젖소는 아버지가 잘 관리한 덕분에 유방염에 걸려본 적이 잘 없었고 송아지 유산도 잘 없었다.

아버지에게 젖소는 정직하고 특별한 가축이었는데, 젖소는 사람이 먹지 않는 거친 식물을 섭취해서 높은 영양분의 우유를 생산하는 고마운 존재였고 아버지는 그런 젖소를 살뜰하게 키웠다. 여름에 젖소사양 관리할 때 유럽 출신 젖소들이 더워하지 않게 대형실링팬과 쿨링포그로 더위를 식혀주었고 겨울에는 젖소들이 너무 추워하지 않게 난로를 틀면서 잘 돌보았다. 유럽 출신 젖소들은 더위를 먹으면 우유 생산량이 크게 줄어들고 급수통이 조금이라도 지저분하면 물을 마시려고 하지 않았다. 그래서 젖소의 건강 상태가 바로 우유 품질에서 그대로 정직하게 드러났고 젖소를 스트레스 없이 키우는 일은 매우 고된 일이다.

아버지는 새벽마다 일찍 일어나 건초더미를 들고 허리를 숙여 젖소에게 건초를 주는 일을 결코 빼먹은 적이 없었다. 어렸을 때부터 치즈 반찬을 많이 먹어도 키가 175cm이 될까 말까 한 나와 달리 아버지는 덩치가 무척 컸다. 아버지의 신장은 190cm를 넘었고 나와 달리 몸은 근육으로 다져져 있었으나 허리가 무척 좋지 않았다. 그러나 젖소가 송아지를 출산할 때 장정 여럿이서도 힘든 것을 아버지는 혼자서 해왔다. 아버지에게 목장을 쉬라고 권유해 보기도 했지만 아버지는 그만둘 의사가 없었다. 건장한 성인 남성이 하기에도 힘든 일이라며 내가 젖소 목장을 물려받는 것도 만류했다. 뭘 사서 고생을 하느냐면서, 아버지는 내게 직장에서 맛있는 음식이나 먹으며 글이나 열심히 쓰라고 말했다. 아버지는 나를 아버지 자신처럼 고생시키고 싶지 않다고 말씀하셨다. 내 연봉을 모아 휴머노이드 일꾼을 하나 사서 아버지에게 보내 드리려고 했지만, 목장 일은 아버지의 삶 그 자체였다. 낙농업은 아버지의 삶의 전부이자 아버지가 삶을 살아가는 이유였다. 아버지는 편리해지고 싶지 않았으며, 나는 아버지의 낭만적인 삶을 존중하기로 했다. 아버지를 통해서 매일 우리에게 신선하고 깨끗한 우유와 고급 치즈를 먹을 기회가 있다는 것이 얼마나 소중한지 알고 있었다. 미식의 너머에는 생산자의 노고가 있다는 것을 알고 있었기 때문에 지금까지 미식을 하면서 단 한 번도 음식을 남기지 않았다.

*

휴가가 끝나고 회사로 복귀했다. 회사 동료들에게 아버지가 만든 버터와 치즈, 유제품을 나눠줬다. 모두 아버지가 만든 치즈가 유럽에서 먹은 것보다 맛있다고 말했고, 아버지의 치즈 공장 비결을 취재해야 하는 것이 아니냐고 말해서 내 어깨가 왠지 으쓱해졌다. 내 자리로 돌아가 보니, 휴가 기간 동안 온 보도 자료와 취재 요청 서류가 잔뜩 쌓여 있었다. 그것들을 정리하던 중 서류더미 사이에서 남성 하이엔드 잡지〈헤르메스(Hermes)〉를 발견했다. 처음에는 왜 뜬금없이 남성 하이엔드 잡지가 미식 잡지 회사에 있고, 그것도 내 책상 위에 있는지 의아했다. 옆자리 동료에게 물어보니 그 잡지에 편집장님이 취재한 '이세계 미식회'의 기사가 실렸는데, 내가 휴가에서 돌아오면 보여주고 싶다며 편집장님이 놓고 간 것이라고 했다.

어떤 기사인지 궁금해서 잡지를 펼쳤다. 책의 페이지를 주르륵 넘기던 중 큼지막한 얼룩무늬 홀스타인 젖소 사진이 내 시선을 끌었다. 기사의 제목은 더욱 강렬했다.

바이오 오공, 세계 최초 젖소의 '처녀 수유' 기술 발표

나는 그 제목을 읽고 무의식적으로 말을 내뱉었다.

"젖소의 처녀 수유?"

내가 눈을 동그랗게 뜨고 놀란 소리를 내자, 옆자리 동료가 깜짝 놀라서 살짝 민망해졌다. 옆자리 동료도 이미 그 기사를 읽어봤다고 말했다. 그는 나라면 관심을 가질 것 같았다고 말했고 서로 가볍게 묵례하고 다시 업무에 집중했다. 나는 이어서 잡지 기사를 집중해 읽었다.

……세계적인 과학자 '현장'이 '궁극의 인조고기'에 이어 젖소

의 처녀 수유 기술을 개발해 냈다. 젖소는 이제 출산 없이도 우유를 생산할 수 있고 하루 생산량은 기존과 동일하며, 생산 기간은 임신한 젖소보다 훨씬 더 길다. 심지어 이 기술은 수컷 젖소에게도 적용 가능한 것으로 알려져 낙농업계에 큰 경제적인 희망을 일으킬 것으로 기대되고 있다.……

기사는 기자가 '바이오 오공'의 연구소장이자 개발자인 '현장'과 일대일로 담화를 나누는 형식으로 실려 있었다. 젖소의 처녀 수유 기술은 아버지가 본다면 굉장히 혁신적이라고 느낄 바이오 기술이었다. 젖소의 잉태기간은 사람과 동일하게 280일이다. 우유를 지속적으로 생산하기 위하여 거듭 잉태해야 하는데, 임신 5개월 차에서 우유 생산량이 줄어들고 분만 2개월 전에는 우유 착유를 중지하다 보니 1년에 10개월 정도 착유가 가능하여 생산량이 일정하지 못한 것이 있다. 출산을 거듭할수록 젖소는 노화가 엄청나게 급속히 진행되어서 3번째 출산을 기점으로 우유의 생산량도 떨어지는데, 바이오 오공에서 개발한 처녀 수유 기술은 젖소의 실제 수명 내내 우유의 품질을 동일하게 유지할 수 있다고 쓰여 있었다.

젖소의 처녀 수유 기술은 어떤 원리인 건지 궁금해서 읽어보니, 내가 낙농고등학교에서 배운 대로 젖 분비 호르몬인 프로락틴과 관련이 있었다. 약물로 젖소의 뇌가 출산했다고 착각하도록 속이는 원리였다. 더 이상 젖소는 출산의 고통을 겪지 않고도 우유를 생산할 수 있게 된 것인데, 낙농업자가 많이 편해질 것 같다고 생각했다. 한편으로 소중한 젖소에게 부작용이 있진 않을지 걱정되었다. 다행스럽게 과학자 현장의 말에 따르면 아직 부작용은 없다고 했다.

기사에 따르면 젖소에게 약을 반복해서 투여하여도 젖소에게 문제는 없고 내성도 없었다. 부작용으로 지속적인 우유 생산으로 영양소가 많이 빠져나가다 보니 영양실조와 골다공증이 발생할 수 있다. 그렇지만 이 문제를 제외하고는 처녀 수유 젖소가 실제 출산을 하는 젖소보다 덜 스트레스 받고 더 건강하며 우유도 영양분이 훨씬 더 높았다.

현장이라는 과학자가 대단하다고 나는 생각했다.

기사를 좀 더 조사해 보니, 현장 연구소장이라는 사람이 〈이세계 미식회〉의 운영자라는 것도 알게 되었다. 바이오식품 공학회사 바이오 오공은 미식가들 사이에서 특별한 식재료를 창조하는 곳으로 유명했다. 마치 이식(異食)을 하는 사람들만 있는 곳처럼 그 회사의 연구진은 특수한 고기를 개발했다. 과학자 현장을 포함한 연구진은 멸종 위기 때문에 포획이 금지되거나 비싸고 양식이 힘든 고래 고기, 바다장어, 참치, 악어 고기, 북극곰 고기, 꽃사슴 고기 그리고 고래회충 걱정 없는 고등어회를 인조로 개발했다. 심지어 세상에 존재하지 않는 고기까지 창조해 냈다. 오징어의 유전자를 이식한 〈투명한 고기〉와 상상 속의 〈드래곤 고기〉, 그리고 과거의 DNA를 추적하고 재구성해 낸 공룡 고기까지 만들어내 세상의 주목을 받았다. 공룡 고기를 갖다가 〈리얼 T-Rex 버거〉를 만들어서 미국 스미스소니언 박물관에서 중생대 트라이아스기 미식회를 하였는데, 티렉스 고기는 칠면조 맛과 크게 차이가 없다는 미식평가가 나왔다.

이렇게 바이오 오공의 화려한 연구 업적을 놓고 보면 당시 일부 미식가들이 '사람 고기'를 의뢰해서 먹는다는 의혹이 생기는 것도 무리는 아니었다. 묘하게 설득력은 있지만, 그들이 정말로 사람 고기를 만들어 먹었다면 진작에 시체손괴죄로 잡혀가서 처벌받았을 것이다. 아니, 어쩌면 죄가 아닐 것 같다. 어떠한 생명조차 도륙하지 않았으니까. 나에게 사람 고기보다도 귀여운 송아지 요리가 더 마음이 아려온다.

그 당시 나는 그저 재미있는 소문이라고 여겼다.

*

"이보게, 팔계 기자."

편집장님이 잡념에 빠져 있는 나를 불렀다. 나는 사무실 책상에 팔을 괴고 허공을 멍하니 바라보고 있었다. 처녀수유 젖소의 우유 품질과 맛이 실제로 어떠한지 그 생각에만 몰두해 있어서 편집장님이 나를 부른 줄 몰랐다. 편집장님이 내 책상 위에 활짝 펼쳐진 과학 잡지 속의 젖소 사진을 힐끗 바라봤다.

"자네, 그 기사가 굉장히 마음에 들었나 보네."

"아, 젖소의 처녀 수유 기술이 굉장히 혁신적인 바이오 기술이란 생각이 들어 현장이란 과학자에 관심이 생겼습니다."

나는 마치 딴짓을 하다 들킨 기분이 들어서 조금 민망했다. 편집장님은 말없이 고개를 끄덕이더니 내게 바이오 오공에서 주관하는 〈이세계 미식회〉 취재를 권유했다. 현장 연구소장이 일주일 뒤에 또 특별한 미식회를 개최할 예정이어서 초대장을 우리 잡지사로 보냈는데, 공교롭게도 편집장님이 한 달 전부터 계획한 〈카타르 지하도시의 농업과 요리〉의 출장 날짜와

겹쳤다는 것이다. 최초로 연구소를 취재할 수 있는 기회라고 하였다.

그 '이세계 미식회'에 참석할 수 있다니.

나에게 참으로 좋은 우연이었고 좋은 기회였다. 일단 망설이지 않고 갈 수 있다고 대답했다. 나한테 꼭 맡겨달라고 했다. 프로 기자라면 둘 다 놓쳐선 안 될 A급 취재감이고, 대중에게 그 연구소의 위치와 모습이 알려져 있지 않다 보니 이러한 독점 취재는 의미가 있었다는 것은 사실이나, 나는 낙농가의 후계자로서 바이오 오공에 관심이 많았다. 취재를 하게 되면 당연히 미식 잡지의 취지와 기획에 맞게 새로운 식재료와 미래의 요리를 조사해야 하겠지만, 내심 그곳에서 젖소 관련 연구 자료도 열람할 수 있겠다는 기대도 있었다. 앞으로 내 대에서 미래의 젖소 사육은 어떻게 변할지 미리 대비하고 싶었다. 요즘 낙농업계의 사정이 매우 힘들고, 내가 낙농업을 물려받는다면 선진 낙농기술로 생존을 도모할 수 있는 일이다.

젖소 이야기는 각설하고, 편집장님은 잡지사에서 유일한 낙농가 출신인 내가 취재를 갈 수 있어서 안도했다면서 내가 취재를 잘할 것이라고 말했다. 내 기자 정신을 본받고 싶다는 말도 덧붙였다. 그런 것 치고는 평상시와 다르게 당부를 많이 했는데, 특히 기자의 기본 소양인 냉정함과 객관성을 잃지 말고 당황하지 말라고 강조했다. 편집장님은 자신의 오랜 악우인 현장 연구소장에게 안부를 대신 전해달라고도 부탁했다. 나는 약간 의아했다.

"두 분께서 서로 친구 사이라면 편집장님이 가시는 편이 더 낫지 않을까요? 친구분이 반가워하실 텐데요."

"친구라고 기사를 쓰면 그 기사는 객관성이 떨어지네. 이번 취재는 낙농가 출신인 자네가 적격이니 자네를 추천하는 거야."

편집장님은 앞으로 내가 쓰게 될 기사가 무척이나 기대된다면서, 평소보다 나를 추켜세웠다. 당시 나는 편집장님이 '이세계 미식회'의 초대장을 왜 나에게 양도했는지 그 의도를 전혀 의심조차 하지 않았다.

*

구름 한 점 없는 맑은 날, 도로 옆에는 풀밭이 가득 펼쳐져 있었다. 나는 일본산 박스형 경차를 끌고 바이오 오공 연구소로 출장을 나섰다. 차의 창문을 활짝 열어 맑은 공기를 마음껏 마셨다. 연구소는 도심에서 차로 한 시간 떨어진 임야농원에 위치해 있었다. 목적지에 가까워지자 연구소 '바이오 오공'의 표지판이 보였고, 표지판이 가리키는 방향에 풀밭 사이로 비포장도로가 보였다. 도로를 따라가니 숲과 무척 넓은 농원이 보였고, 언덕 위로 절이 하나 보였다. 연구소가 있는 곳은 이식(異食)을 한다는 무서운 소문과 달리 고향처럼 공기가 좋고 물도 맑은 곳이었다. 사방이 비포장도로 천지여서 이번 주 내

내 비가 오지 않은게 다행이었다.

편집장님에게 전해 들은 바로는, 생명과학 연구소 바이오 오공은 바이오 아트 계열의 레지던시도 함께 운영하고 있어서 바이오 연구자뿐만 아니라 바이오 예술가도 같이 그곳에 상주하고 있다. 연구소는 오래된 절을 개조한 건축물이라 했는데, 직접 연구소에 와보니 실제로 연구소는 절의 모습을 그대로 간직하고 있으며 마치 고승이 있을 법한 분위기를 풍기고 있었다. 아무도 이 건물을 생명과학 연구소라고 생각하지 않을 것 같았다. 처마에 달린 물고기 풍경은 500년의 역사를 가진 것처럼 매우 낡아 보였다. 고요한 자연환경 속에 있는 오래된 건축물 자체가 뭔가 을씨년스러워 보였다. 고즈넉한 곳에 휘몰아치는 바람소리부터 이곳이 마치 다른 세계처럼 느껴졌다.

차에서 내려 나는 절의 입구를 바라봤다.

입구에는 도마뱀 머리의 메이드와 연구소장인 '현장' 선생님이 미리 나와서 나를 기다리고 있었다. 메이드의 머리는 실제로 도마뱀인지 가면인지 구별이 가지 않았다. 메이드의 샛노란 눈은 살아있는 도마뱀 같았다. 연구소장님은 백발의 긴 머리를 비단처럼 내려뜨려서 고고하고 우아한 용모를 지녔다. 하얀 소복이 아닌 하얀 정장을 입고 있었는데도 마치 신선을 보는 줄 알았다. 정말 이곳이 이세계(異世界)인 것만 같다는 기분이 들었다.

"과학자 현장입니다. 어서 오세요."

현장 선생님은 인자한 목소리로 나를 환영했다. 쉰을 넘긴 편집장님은 '오랜 악우'라고 말했지만 현장 선생님은 20대 청년으로 보였다. 나는 현장 선생님이 과학 영재 출신이라고 짐작했다. 일단 나보다 나이가 어린 사람일지라도 정중히 예의를 차리며 그분에게 명함을 건네며 인사를 드렸다.

"안녕하세요. 현장 선생님. 맛 칼럼니스트 팔계 기자입니다. 2박 3일 취재 기간 동안 잘 부탁드립니다."

"만나서 반갑습니다, 팔계 기자님. 초대장을 두 장 보냈는데, 사오정 편집장님께서 함께 안 오셔서 아쉽군요."

"편집장님은 카타르로 취재를 가셔야 했습니다. 편집장님의 오랜 친구라고 들었는데, 굉장히 아쉬우셨나 봅니다."

"아닙니다. 낙농가 출신이라 들었는데 마침 잘 오셨습니다. 환영합니다."

"영광입니다. 그런데 연구소장님께서 이렇게 젊으실 줄 몰랐습니다. 초면이지만 대단하신 분 같습니다."

현장 선생님은 미소를 지으며 내 명함을 받았다.

"저는 젊지 않습니다. 올해로 쉰여섯 살이죠."

그 말에 깜짝 놀랐다. 내가 젊음의 비결을 묻자 비공개 연구로 불가사리와 해삼의 텔로머라제를 응용해 인간의 피부 면역력과 재생력을 활성화하는 기술을 개발했다고 했다. 피부과에서 600샷 울세라 리프팅 시술이나 성형외과에서 얼굴 줄기세포 지방이식 및 안면거상을 받는 것보다 훨씬 더 자연스러웠다. 굉장한 역노화 기술을 왜 비공개로 하는지 모르겠지만,

전국의 피부과와 성형외과의 생업에 위협적이니 공개되면 안 될 것 같았고, 독자적으로 연구해서 개발한 기술의 공개 여부를 결정하는 건 연구자 개인의 자유일 터였다. 한편으로 미용 성형 기술은 돈이 되니까 이런 기술을 독점해야만 그동안의 연구비를 충당할 수 있던 게 아닐까 하는 생각도 들었지만, 예의상 그런 질문을 초면에 묻지는 않았다.

제일 먼저, 현장 연구소장님은 연구소 내부에 위치한 '핑크 팩토리'로 나를 안내했다. 핑크 팩토리에서는 온통 분홍색 조명이 달려 있어 공장 전체에 분홍빛이 감도는 게 신비로웠다. 핑크 팩토리는 인공지능 로봇이 알아서 관리하고 있으며, 핑크빛의 수많은 작은 태양 아래에는 화려한 황금색 무늬를 뽐내는 신품종 작물 〈호랑이 배추〉가 반짝반짝 황금빛을 뽐내며 흙 없이 자라고 있었다. 나는 황금처럼 찬란하게 빛나는 황금색 배추가 신기했다.

"배추에서 나는 황금빛이 아름다워요."

현장 선생님은 내 옆에서 호랑이 배추를 마치 강아지 머리처럼 쓰다듬었다.

"이건 황금 김치를 만들 때 필요한 백두 호랑이 배추입니다. 금색과 검은색이 교차하는 무늬가 마치 호랑이를 닮았지요. 황금과 배추를 사랑하는 중국에서 인기 있는 작물이지요. 중국에 가면 배추를 조각한 사치품이 많은 것을 볼 수 있습니다. 중국에서는 배추를 '바이차이'라고 하는데, 많은 재물을 뜻하는 '바이차이'와 발음이 동일하기 때문입니다. 또한 영양 성분은 일반 배추보다 훨씬 뛰어납니다. 비타민 C 함유량은 일반 배추보다 다섯 배 더 높고, 하루 권장량의 비타민 D를 섭취할 수 있습니다. 또, 김치로 담가도 영양 손실이 전혀 없지요. 프리미엄 황금김치는 5배의 가격에 거래가 됩니다."

그 말을 듣고 나는 엄청난 배추라고 생각했다. 다른 게 아니라 영양분이 황금이었다. 하지만 고향에서 인삼 농사를 짓는 희철이네한테 들은 것도 있어서, 현장 선생님에게 토양 환경에 대한 우려를 내비쳤다.

“왠지 이 호랑이 배추를 실제로 땅에 심으면, 배추가 인삼처럼 땅의 영양분을 엄청나게 먹을 것 같아 토양의 황폐화가 걱정되기도 합니다.”

“이 배추는 흙으로 키우는 게 아니랍니다. 우리 연구소에서 독자적으로 개발한 합성 미생물 배양액으로만 키울 수 있습니다. 우리의 미생물 액에만 반응하도록 설계되어서 일반 흙에서 성장이 불가능합니다. 미생물이 배양액 속에서 거의 무한히 영양분을 생성하지요. 그러니 토양의 황폐화는 걱정하지 않으셔도 됩니다.”

호랑이 배추는 진짜 황금은 아니지만 황금의 가치를 두둑이 하고 있었다. 어쩌면 이 연구소는 고급 농작물을 키워내 해외에 그 종자와 특수미생물 배양액을 수출하면서 연구비를 충당하고 있는 것으로 보였다. 나는 무척 궁금해졌다.

“혹시 종자의 로열티는 얼마나 받고 있으신지요?”

현장 선생님이 나를 바라보더니 옅은 미소를 지었다.

“보통은 종자에 로열티가 있다는 사실을 모르는데, 종자의 로열티에 대해 먼저 물어보는 사람은 팔계 기자님이 처음이군요. 해외로 판매되는 호랑이 배추의 수익 중 절반을 연구소가 가져갑니다.”

사실 그렇긴 했다. 누구도 농산물을 살 때 깊이 생각하지 않을 것이다. 비농가인들은 농산물에도 종자권이 있다는 사실을 잘 모른다. 소비자들이 양송이버섯을 구입할 때, 판매 수익의 절반이 양송이 종자를 제공한 네덜란드와 이탈리아에 로열티로 지급되며, 네덜란드와 이탈리아에서는 내 손바닥처럼 큼지막하고 토실토실한 양송이버섯 한가득한 상자가 1유로 동전 두 닢으로 저렴하게 살 수 있다는 사실을 잘 모른다. 그걸 생각하니 신토불이 종자를 개발하는 현장 선생님이 존경스러워지기 시작했다. 현장 선생님은 계속해서 설명했다.

“국립종자원의 의뢰로 종자강국이 되기 위해서 저희 연구소는 배추 외에 신품종 버섯과 신품종 쌀과 감자도 개발하고 있습니다."

"정말 대단한 일을 하십니다."

"기자님께서는 종자개발이 왜 대단한지 알고 계신 겁니까?"

"종자개발은 사람들을 굶지 않게 해주는 중요한 식량안보 산업입니다. 이미 맛있고 토실한 감자와 쌀 품종이 100가지 정도 있음에도 매년 우리나라는 감자와 쌀의 신품종을 개발합니다. 단일품종만 갖고 농사를 지으면 그해 농작물이 병에 걸리면 그해 생산을 못 하기 때문입니다. 옛날 아일랜드에서 단일품종 감자에 발생한 대기근으로 국민이 모두 굶주려서 대부분 미국으로 이민을 떠났습니다. 품종을 다양화하는 기술이란 국민들이 굶어죽지 않게 하고 나라를 지탱하는 매우 중요한 기술입니다. 그러니 현장 선생님은 국가차원에서 사람들이 굶지 않게 하는 기술이 있으신 거니 대단합니다."

"그렇게 말씀 주시니 기쁩니다. 보통 미식가들은 종자기술에 관심이 없고 맛에만 관심 있는데 팔계 기자님은 굉장히 해박하시군요."

현장 선생님은 싱긋 웃었다. 마치 불상이 미소 짓는 것 같았다. 그리고 호랑이 배추의 배양 구조를 살펴보던 중 실내 한 구석에서 고슴도치 머리를 한 젊은 남성이 컴퓨터의 3D 프로그램으로 DNA 염기서열을 조립하고 있는 것이 보였다. 금발머리의 그는 우리들을 환영하지 않는 듯이 본 척도 하지 않았다. 그의 무뚝뚝한 표정은 매서웠다. 내가 먼저 인사하길 망설이고 있을 때, 현장 선생님은 우리 둘을 서로에게 소개해줬다. 그는 미국에서 온 바이오 예술가 라이너스(Linus) 씨로, 새로운 무늬의 꽃을 창조하려고 연구소의 컴퓨터로 꽃씨의 유전자를 조립하고 있었다. 그가 조립해 놓은 특성 그대로 꽃이 자란다고 했다. 유전자 가위를 예술 도구로 쓰는 것이구나 싶었다. 내가 매 순간 아이처럼 신기술에 감탄하자 현장 선생님이 물었다.

“팔계 기자님은 연구소에서 제일 궁금한 것이 무엇인가요?”

“연구소에서 젖소의 처녀 수유에 성공했다고 들었는데, 젖소 사육을 어떻게 하고 있는지가 무척 궁금합니다. 저는 윤리적이고도 효율적이게 젖소 농장을 운영하고 싶거든요.”

“그렇다면 팔계 기자님은 내일 젖소 관련 정보가 있는 제3 아카이브실로 가야 하겠군요.”

그리고 현장 선생님은 이런 말을 덧붙였다.

“윤리에 효율적인 것은 참 어렵겠습니다.”

나는 질문을 멈췄다. 그 말이 어딘지 모르게 의미심장하게 다가오는 것 같았다. 그 순간 나는 컴퓨터 화면에 반사되는 라이너스 씨의 매서운 눈빛과 마주쳤다. 그는 우리 쪽을 거들떠보지도 않고 컴퓨터 화면만 바라보고 있었지만 우리가 말하는 것을 무덤덤하게 듣고 있던 듯했다. 왜 그렇게 나를 쳐다보는 건지 이유를 알 수 없었으나, 라이너스 씨의 첫인상은 매서웠다.

*

현장 선생님과 나는 라이너스 씨가 있는 공간을 벗어났다. 우리는 메인 연구소를 향해 이동했고, 나는 선생님에게 의문을 제시했다.

"선생님, 왜 예술인이 생명과학연구소에 있는 건가요?"

현장 선생님은 앞만 쳐다보고 걸어가면서 설명했다.

"새로운 생명과학 기술이 개발될 때마다 어떻게 활용할지에 대해 바이오 예술가는 생명을 예술 재료로서 다루고, 흥미로운 방식을 제안합니다. 의문을 제시하기도 하죠. 예술은 인생을 아름답게 만드는 역할을 하는데, 예술가는 바이오 기술을 과학자들이 생각하지 못한 쪽으로 아름답게 활용하니 저

같은 과학자들은 좋은 자극을 받습니다."

나는 생명이 예술 재료라고 하는 건 위험한 발언 같다고 말했다. 현장 선생님은 그런 걱정은 할 필요가 없다는 듯 자비롭고 낙천적인 미소를 지었다.

"지금까지 바이오 아트가 문제를 일으킨 적은 없어도 언젠가 위험을 일으킬 수 있다는 가능성을 완전히 배제할 수는 없겠죠."

이렇게 말하는 현장 선생님의 목소리는 밝고 낙천적이라서, 마치 그 미래에 대한 두려움이 전혀 없어 보였다. 나는 현장 선생님의 말이 농담인지, 진담인지 헷갈려서 맞장구를 쳐주기가 애매했다. 많은 이야기를 나누면서 우리는 메인 연구소의 근처에 도착했다. 연구소로 향하는 길목에는 초록빛 들판이 펼쳐져 있고 과수원도 있었는데, 비가 안 왔음에도 바닥이 매우 축축했다. 나는 바닥을 살펴보았다. 신발에 끈적한 게 묻어 있었다.

'피?'

나의 하얀 운동화가 빨갛게 물들어 있었다. 땅바닥에 시뻘건 액체들이 고여있었다. 갑자기 피 웅덩이에 깜짝 놀랐는데, 희미한 시체냄새까지 나서 이상했다. 아직 얼마 부패하지 않은 신선한 시체 냄새 같았다. 나는 천천히 고개를 들었다. 공중에서 핏방울이 뚝뚝 떨어져서 하늘을 올려다보니 하늘에서는 독수리와 까마귀가 샛노란 눈동자로 나를 노려보고 있었다. 순간 내가 생각한 것이 맞을까 봐 섬뜩했지만, 현장 선생님은 차분했다.

"보셨군요."

긴장으로 나는 침을 삼켰다. 현장 선생님은 나에게 천천히 다가왔다. 묘한 긴장감에 나는 현장 선생님을 침착하게 응시하며 마른침을 삼켰다. 보지 말아야 할 것을 봐버린 줄 알았더니 알고 보니 신품종 석류에서 과즙이 너무 많이 나와서 붉은 과즙이 고여있던 것뿐이라 가슴을 쓸어내렸다. 시체 냄새는 일부 과일의 두리안 교배로 인한 것이었다. 나는 시체를 묻어서 양분 삼아 과일나무를 무럭무럭 키우는 걸로 오해했다고 말하자 현장 선생님이 빙그레 웃었다.

“놀라셨군요. 시체는 다양한 화학물질로 분해될 수 있지만, 과일나무의 성장에 유익하지 않습니다. 과일나무는 질소, 인, 칼륨 같은 영양소만 필요로 한답니다. 연구소로 접근하는 침입자를 차단하기 위해서 방범용 나무도 함께 개발 중이었는데, 두리안을 교배하여 시취가 나는 과일 종자를 테스트 중이었습니다. 후각이 대단하시군요.”

“어쩐지 시체 냄새치고는 싱그러운 과일 풋내처럼 나서 이상했습니다.”

굳이 뭐하러 시체냄새가 나는 과일종자를 만드는 건지 이해할 수 없었으나 그에 쓰이는 재능이 정말 아깝다고 생각했다. 일단, 나는 시체가 아니고 지독한 과일이라서 안심했다. 나뭇가지에 달린 석류는 과즙이 넘쳐서 새어 나오는 것으로 보아 다 익은 것 같은데 이상하게 수확을 하지 않고 있는 것 같았다.

"석류가 다 익은 것 같은데 왜 수확하지 않고 있나요?"

"이 **블러드 석류**는 당도와 여성호르몬을 높이려는 목적으로 개발되었습니다. 씨앗도 없어서 먹기 편하지요. 하지만, 올해 과일당도 규제법으로 인해서 아직은 출하하지 못하여 이렇게 내버려두고 있습니다. '혈당에 의한 근손실'이 WHO 질병으로 분류되었기 때문이지요. 수확하지 않고 이대로 말리면 당도가 농축되어 건석류가 됩니다. 실패작이지만 한 번 따 먹어 보시겠습니까?"

나는 석류를 땄다. 겉면의 과일당이 두껍고 하얗게 일어나서 흰색 곰팡이가 덮인 줄 알았다. 그래서 석류과즙이라고 전혀 생각 못 했다. 주르륵 넘치는 과즙 때문에 손목에 흘렀고, 높은 당도로 인하여 피처럼 점성이 있어서 꼭 붉은 피가 흐르는 것 같았다. 나는 과즙을 맛보았다. 풍부한 꽃향기가 났으나 아무리 달아도 이건 생각보다 너무 달아서 자칫 원샷하면 혈당쇼크로 죽을 것 같았다. 당도가 30브릭스 정도는 되는 것 같았고, 이것으로 설탕을 만들어도 될 것 같았다. 비록 과일당과 자당은 설탕 생산방식에 크게 차이가 있지만 설탕이라고 생각할 정도로 굉장히 달았다.

“한국의 기후에 맞게 설탕 생산이 가능할 것 같은데, 과일당도 규제법으로 아까운 종자입니다.”

“맞습니다. 섬뜩하게 보일 수 있으나 사과설탕 같이 과일설탕 제조에서 가능성이 많은 작물이므로 연구소에서 보존하고 있습니다. 경제적 가치까지 내다보는 사람은 국립종자원 관계자 외에 팔계 기자님밖에 없을 것입니다.”

나는 입가의 붉은 과즙을 닦았다. 그렇게 유혈 낭자한 과수원을 지나서 연구소 코 앞까지 다 왔는데, 연구소 바로 옆 외양간에서 털이 긴 순백의 동물 한 마리가 낮잠을 자고 있는 것이 얼핏 보였다. 외양간에서 그 동물은 얼굴을 파묻고 자고 있어서 얼굴이 잘 보이지 않았다. 처음에 길게 늘어뜨린 긴 털을 보고 연구소에서 기르는 애완견 아프간하운드라고 생각했는데, 그렇게 생각하자니 외양간에 애완견 아프간하운드가 있는 것이 무척 이상했다. 알고 보니 그 동물은 그저 아프간하운드를 닮은 유전자조작 돼지였다. 기존의 돼지와 다르게 생겼어도 체구로 나이를 짐작하건대 그 순백의 돼지는 5개월쯤 되어 보였다. 양돈업자가 말하길 돼지는 14개월이면 새끼 돼지를 출산할 수 있고, 새끼 돼지는 4주면 어미로부터 독립하며 5개월에는 110kg으로 성장하여 딱 고기로 출하하기 좋은 크기라고 하였다. 그 때가 근육이 생성되는 육성기간을 지나 근내지방이 침착되는 비육기간이나, 그 돼지는 고기용으로 하나도 토실해 보이지는 않았다. 조용히 자고 있던 돼지는 우리들의 수다에 반응했는지 고개를 우리 쪽으로 돌렸다. 하얀 돼지가 우리를 바라봤다. 나는 돼지의 얼굴을 바라봤다. 돼지의 긴 속눈썹과 반짝이는 눈동자를 바라봤다. 돼지의 얼굴은 신비로웠다. 분명히 돼지인데 돼지 같지 않게 생겼다. 돼지의 흰자위가 마치 사람 눈을 보는 것처럼 컸고, 기분탓인지 순백의 돼지는 사람을 닮아 보였다. 그 돼지는 마치 현장 선생님처럼 아름다웠다.

*

도마뱀 머리의 메이드는 연구소에 막 도착한 나를 위해 밭에서 수확한 베리를 올린 생크림 케이크 두 조각과 따뜻한 레드 우롱차를 내줬다. 하얀 생크림 케이크의 시트는 블러드 석류로 만든 설탕으로 인해 붉은색을 띄고 있었다. 예쁜 접시 위에 익살스러운 표정의 눈코입이 달린 예쁜 도자기 찻잔이 놓여 있었다. 나는 메이드에게 고맙다고 말하며 케이크를 건네받았다. 똑같이 생긴 하얀 생크림 케이크 두 조각을 주는 것이 조금 의아했다. 두 개의 생크림 케이크는 마치 비교해 보라는 것처럼 내 앞에 나란히 놓여 있었다.

"신선한 원유로 만든 케이크입니다. 드셔보시지요."

먼저 왼쪽의 케이크를 먹어봤는데, 내가 알고 있는 동물성 생크림과 미묘하게 맛이 달랐다.

나는 현장 선생님을 바라봤다. 현장 선생님은 내 앞에 있는 소파에 앉아서 오른손으로 백발의 긴 머리를 귀 뒤로 우아하게 넘기며 내 것과 똑같은 케이크를 아무렇지 않게 먹고 있었다. 나는 다시 케이크를 바라봤다. 일반적인 생크림보다 맛있었다. 입에 착 잘 감기고 부드러운 느낌의 생크림이었는데, 분명히 이것은 홀스타인 소젖도 아니고 저지 소젖도 아니었다. 건지 소젖도 아니며, 에이셔 소젖도 아니며, 브라운스위스 소젖도 아니었다. 노르망디 소젖도 몽벨리아르드 소젖도 아니고 염소젖도 아니고 산양젖도 아닌 것 같았다. 케이크 생크림엔 설탕의 단맛은 전혀 느껴지지 않았고, 크림 그 자체가 산뜻하게 달달했다.

이어서 오른쪽 케이크도 작은 포크로 조금 잘라서 입에 넣었다. 똑같은 모양인 케이크의 맛이 미묘하게 다른 것 같았다. 왼쪽 케이크는 채소의 풋내 같은 싱그러움이 느껴졌고, 또 다른 케이크는 풍미가 부족하다고 느껴졌다. 왼쪽의 케이크는 아주 오래전에 먹어본 맛 같은데 미묘하게 거부감이 들었다.

특히 오른쪽 생크림의 향기가 뭔가 부담스럽고 묵직했다. 이상하게 군대에 온 것 기분이 드는 맛이었는데, 군대 가면 맡을 수 있는 특유의 남자의 향기가 났다. 틀림없이 이것은 우유가 아니다. 특히 왼쪽 케이크는 무언가 익숙하지만 처음 먹어보는 것 같은 맛이다. 나는 현장 선생님을 다시 응시했다. 현장 선생님은 내 시선을 느끼고 미소를 지었다. 일단 나는 젖소를 키우는 낙농가의 자식으로서 소젖이 절대 아닌 것 같다고 말했다. 케이크의 생크림의 정체에 대해 질문했고, 현장 선생님은 차를 마시며 대답해 줬다.

"보통 미식가가 아니군요. 예리합니다. 팔계 미식가님께서 드신 첫 번째 케이크는 여성의 인유(人乳)로, 두 번째 케이크는 남성의 인유로 만든 겁니다."

나는 가만히 있었다.

나는 어떻게 반응해야 할지 몰라 포크를 쥔 채로 신부의 면사포처럼 새하얀 케이크를 말없이 응시했다.

'진정하자, 내가 뭘 먹은 거지?'

나는 계속 새하얀 케이크를 바라봤다. 평범한 생크림 케이크가 갑자기 달라 보였다. 현장 선생님은 부처님과 닮은 표정으로 나를 지켜보고 있었다.

"팔계 미식가님, 케이크의 맛은 어떠셨지요?"

"네?"

"알고 드시니까 맛이 어떤 것 같아요? 아까와 맛이 특별히 달라진 느낌이 드나요?"

이때 냉정함을 잃지 말라던 편집장님의 당부가 이해되는 것 같았다. 나는 전문가로서 진지한 표정을 유지했다.

"아직은 모르겠습니다. 식재료가 굉장해서 너무 놀라 그만 맛을 잊어버렸습니다. 제대로 평가를 내리기 위해서 한 번 더 먹어보겠습니다."

나는 케이크를 한 입 더 먹었다. 전문 직업인으로서 피할 수 없는 일도 있는 법이었다. 현장 선생님의 시선이 의식되어 망설임 없이 케이크를 입에 넣었다. 맛을 제대로 평가하기 위해 작은 케이크 조각을 오랫동안 씹어 먹었다.

모유로 만든 아이스크림과 치즈는 들어봤어도, 현시점에 남자의 젖을 식재료로 생각하는 발상은 꽤나 창의적이었다. 바이오 과학자란 놀라웠다. 남자가 젖을 얼마나 생산할 수 있을지 모르겠지만, 유지방 함유량도 여자보다 적을 듯하며 하루 생산량이 1,000㎖가 채 되지 않는 사람의 젖을 가지고 생크림 케이크를 만들다니, 홀스타인 남자인가? 케이크는 맛있는 편이었지만 감히 내가 케이크에 대해 호평할 용기가 없었다. 마음속으로 이것은 달달한 디스토피아 맛이라고 생각했다.

내 머릿속에는 그저 저지 젖소와 홀스타인 젖소에 대한 생각만 교차하고 있었다. 케이크를 다 먹었다. 혹시 모르지만 나를 젖소로 만들 것 같아서 깨끗하게 다 먹었다. 음식을 남기면 차려준 사람들이 매우 싫어하거나 대단히 속상해하는 것을 잘 알고 있기 때문이다. 입안에 감도는 케이크의 달콤한 흔적을 지우기 위해 예쁜 찻잔에 담긴 차를 마셨다. 웃고 있는 눈코입이 달린 찻잔은 마치 나를 보며 비웃는 것 같았다. 나는 진지하게 케이크의 맛을 평가했다.

"케이크는 정말 맛있습니다. 다만 이런 케이크에 감히 제가 평가를 내릴 수는 없습니다."

"그 말은 무슨 의미인지요?"

"정말 맛있는 건 맞지만, 다만, 맛의 미묘한 차이가 굉장히 신경이 쓰였습니다. 저는 두 케이크의 차이를 말할 수 있습니다. 남자의 젖과 여자의 젖에 다른 풍미가 있는 것 같습니다. 단순히 유지방과 유단백 함유량이 다를 뿐이라고 생각했는데, 이것이 전부는 아닌 것 같습니다. 소의 우유에는 소의 에스트로겐이 소량 포함될 수 있는데 이 점에서 차이점이 있는 것 같아서 궁금합니다."

나는 이렇게 화제를 넘겼다. 현장 선생님은 내 평가대로 여자의 젖과 남자의 젖의 맛에 세밀한 차이가 있다고 했다.

"팔계 미식가님의 평가대로, 남성의 젖은 여성의 젖보다 유단백질 함량이 더 높고 테스토스테론이 미량 함유되어 있습니다. 여성의 젖에도 에스트로겐이 미량 있지요. 에스트로겐과 테스토스테론에 맛이 존재할지 의문이지만, 그 영향으로 사람들이 심리적으로 우유의 풍미가 다르다고 느끼는 것 같습니다. 저는 그 원인을 자세히 파악하고 싶어서 미각이 예민한 미식가의 평가가 필요했습니다."

"그러셨군요. 왠지 남성의 유크림에서 남성의 향기가 느껴지는 것 같습니다. 웅취(雄臭)처럼요. 선생님께서 남성의 유크림을 개발하신 계기가 궁금합니다."

어느새 나는 침착하게 현장 선생님에게 질문을 하고 있었다. 나는 기자의 자질을 발휘해 기자의 기본 소양을 잃지 않고 냉정하게 취재했다.

"저는."

갑자기 현장 선생님이 뜸을 들이자 긴장이 되었다.

"저는 세계 최초로 임신한 남성을 만들었습니다."

현장 선생님은 편안한 목소리로 계속해서 회상을 이어갔고, 나는 현장 선생님의 말을 진지하게 경청했다.

"그들은 게이 부부였습니다. 이들은 주목받기를 바라지 않아 이 실험은 세상에 알려지지 않았습니다. 이들이 공개되면 좋지 않은 관심을 받을 것이 분명하였습니다. 이들은 내 도움을 받아 제왕절개로 딸을 무사히 출산했지요. 그러다가 게이 부부는 딸에게 모유 수유를 해보고 싶다고 말했습니다."

"그렇군요. 어떻게 아기에게 먹일 만큼의 양을 생산할 수 있었나요?"

"원리는 단순합니다. 남성에게 수유는 퇴화한 기능이지만 뇌에 프로락틴 호르몬을 조절하면 생산이 가능합니다. 젖소의 처녀 수유 기술과 동일하며 이미 수컷 젖소도 우유의 생산이 가능했지요. 첫 실험에서 모유가 그렇게 많이 나오지 않을 것 같아서, 게이 부부의 유전자를 젖소에게 이식해 젖소로 하여금 게이 부부의 모유를 생산시켜 아기에게 급여했습니다. 그 결과 게이 부부의 아기는 또래 아기보다 테스토스테론 수치가 더 많다는 사실을 알게 되었지요."

"혹시 인간의 유크림은 시장 수요가 있는지요?"

나는 어느새 침착하게 시장에 대한 질문을 이어갔다. 현장 선생님은 낙천적인 미소를 지었다. 놀랍게도 연구소는 이미 보디빌더용 근육강화 보충제와 트랜스젠더의 남성화에 도움이 되는 유가공품을 제작하고 있으며, 올림픽 국가대표 선수들이 합법 테스토스테론 보충제로 먹고 있다고 한다. 완전 채식주의자를 포함한 미식가들의 수요에 맞춰 특수 구르메숍에서 '이세계 구르메 *Isekai Gourmet*'의 상표를 붙여 100퍼센트 인간이 생산한 인간의 유제품을 판매하고 있었다. 연구소는 고급화 마케팅을 위해 250㎖의 적은 용량으로 판매하고 있는데, 사람의 젖으로 만든 버터는 다른 우유로 만든 버터에 비해 훨씬 비싸서 연구비에 꽤 보탬이 된다고 했다. 암암리에 셀럽과 부자들에게 많은 수요가 있다고 하였다.

내 생각에 굳이 사람의 모유를 먹어야 하는지 아리송했다. 인조 모유를 만드는 배양기술은 불가능한 건지 의문이 들었는데, 현장 선생님이 말하기를 인조 모유 배양기술은 이미 개발되었다고 했다. 심지어 유전자 조작으로 젖소에게 사람의 모유를 생산하게 만들 수 있다고도 했다. 다만 그림을 살 때 복제품보다 원화를 선호하듯이, 특수 구르메숍의 소비자들은 진짜 프리미엄 상품이 주는 거짓 없는 감동을 원했다. 비싼 돈을 주고서라도 인조고기가 아닌 도축고기를 찾듯이. 소비자들이란 정말 무슨 생각을 하는 건지 수수께끼의 존재 같았다. 나는 젖을 생산하는 사람들이 누구이고 무슨 생각으로 하는지 궁금해하니, 현장 선생님은 그저 돈이 필요한 사람들이라면서 생산자에 관한 모든 정보는 비공개라고 내 질문을 일축했다. 전반적으로 이유가 다양하다고 했다.

"이 세상에 착한 성품을 지닌 사람만 있는 것은 아닙니다. 이 세상에 타산적인 사람이 굉장히 많지요. 저는 그분들을 긍정적으로 생각하고 있습니다."

명확한 이유를 알 수는 없지만 모두가 그저 타산적일 뿐이라고 생각하니 쉽게 납득이 갔다. 애덤 스미스의 보이지 않는 손에서 개인이 사익을 추구하면 공익으로 이어질 수 있기 때문에 남에게 피해를 주는 것이 아니라면 타산적인 행동이 나쁘다는 생각은 들지 않았다. 아버지가 내 학비를 마련하기 위해 젖소에게 한우 수정란을 이식한 것도 이들과 다르지 않다고 생각했다.

다만 단순히 돈이 필요하다고 해서 이렇게까지 유크림을

생산하는 사람들이 이해되지 않았다. 아무리 돈을 많이 준다고 하여도, 금전적으로 급해도 젖소가 되려는 건 이해가 어려웠다. 이유가 비단 돈만은 아닌 것 같았다. 기자로서 생산자들의 생각을 취재하고 싶다는 마음이 들었지만, 일단, 나는 귀한 케이크를 대접해 주셔서 감사하다고 인사했다.

어쩌면 연구소는 내 상식과 상상을 초월하는 곳 같았다. 직업상 현장 선생님 앞에서 당황한 내색을 하지는 않았다. 현장 선생님의 차분한 태도는 마치 내게 이건 모두 아무것도 아니라고 말하는 것 같았다. 그러나 무척 차분한 현장 선생님의 태도를 보며 방금 먹은 디저트는 아직 빙산의 일각인 것 같다는 예감이 들었다. 앞으로 이틀 동안 먹어야 할 이곳에서의 식사가 두려워지기 시작했다.

*

오후의 티타임이 끝나고, 나는 페퍼민트 향 물담배를 피우려는 핑계로 메인 연구소에서 잠시 나오면서 다시 외양간의 하얀 돼지를 바라봤다. 아까부터 계속 외양간의 유전자조작 하얀 돼지가 신경 쓰였다. 돼지의 아름다운 눈동자가 꼭 사람 같아서 자꾸 마음에 걸렸다. 때마침 나는 돼지가 일어나서 스스로 외양간의 문을 밀고 나오는 것을 발견했다.

실크처럼 윤이 나는 흰 갈기를 뽐내는 돼지는 외양간 문밖으로 걸어 나오더니 내 앞에 서서 나를 빤히 바라봤다. 마치 돼지가 사람으로서 나를 동물원 동물 보듯이 바라보는 것 같았다. 나는 하얀색 돼지와 시선을 마주치다가 움찔했다. 돼지의 아름다운 얼굴에서 사람과 똑 닮은 눈동자를 가까이서 바라보니 솔직히 인간을 닮아서 기묘했다. 사람을 닮은 돼지를 만지기는 꺼림칙했지만, 돼지의 그 깊은 눈동자에는 마치 사람을 빠져들게 하는 오묘한 매력이 있는 것 같았다. 이상하게 돼지에게 사람의 마음이 있을 것 같은 기분이 들었다. 나도 모르게 돼지에게 존댓말로 말을 걸었다.

"돼지, 당신은 정말 돼지입니까?"

돼지는 고개를 천천히 끄덕였다. 돼지는 시선을 돌려 어딘가로 향해 걸어갔다. 나는 아름다운 돼지에게 현혹된 것처럼 무심코 돼지를 따라갔다. 돼지는 길을 가다가 아름다운 꽃이 피는 초원에서 들꽃 한 떨기를 따서 물고 갔다. 이상하게 돼지에게 사람의 마음이 있을 것 같은 기분이 들었다. 돼지는 계속해서 걸어갔다. 내가 걸음을 멈추면 돼지도 함께 멈췄다. 돼지와 함께 나는 풍요롭게 과일이 열려있는 정원에 다다랐다.

나는 과일나무의 열매를 보았는데, 모양이 이상하여 자세하게 살펴보니 아기부처 모양의 배였다. 돼지는 아기부처 모양 과일이 주렁주렁 달린 나무 사이로 가로질렀다. 또한, 붉은 과즙 웅덩이에 아기부처 모양의 배 하나가 퐁당 떨어져 있었는데, 블러드 석류의 낙과로 인해 생긴 핏빛 웅덩이는 아무리 봐도 익숙해지지 않았다.

돼지가 발걸음을 멈춘 곳은 불단이 있는 법당이었다. 돼지는 네 발을 깨끗이 털고, 불단을 향해 거리낌 없이 네발로 기어 올라갔다. 법당 안에는 황금 불상 뒤로 괘불탱화가 걸려있었고 돼지는 입으로 불상 앞에 꽃을 놓았다. 괘불탱화의 붉은색 배경이 마치 아드레날린을 자극하는 것 같았고 가운데 부처같은 사람 주위에 반인반수 요괴들의 모습이 기괴하게 그려져 있었다. 그림 속에서 원숭이 머리를 한 요괴와 돼지의 머리를 한 요괴가 눈을 부리부리하게 뜨고 석가여래의 좌우를 보필하고 있었는데, 홀스타인 젖소도 그려져 있는 것으로 보아 최근에 그려진 그림 같았다. 법당 특유의 향냄새는 마치 그림 속의 세계로 빨려들 것만 같은 기분이 들었으며, 그게 꺼림칙했다 보니 나는 법당 안으로 한 발짝도 내밀지 않고 있는데 그 아름다운 돼지가 법당 밖에서 지켜보고 있던 나에게 갑자기 향을 물고 왔다. 돼지는 입에 향을 물고 나를 조용히 응시했다.

"돼지, 저보고 향을 피워보라는 것입니까?"

아름다운 돼지는 고개를 끄덕였다. 나는 가져온 라이터로 향에 불을 피워서 돼지에게 줬다. 돼지는 향을 물고가서 불단 앞에 향을 꽂았다. 돼지는 괘불탱화 속 부처를 향해 고개를 숙여 엎드렸다. 그 모습이 마치 절을 하는 것 같았으며 돼지는 털썩 주저앉아서 고개를 들어 석가여래를 반히 바라봤다. 마치 돼지가 기도하는 것 같았다. 돼지의 눈빛은 우수에 차 보였고 고독해 보였다. 나는 넋을 놓고 돼지를 바라보다가 뒤에서 느껴지는 작은 인기척에 깜짝 놀랐다.

"팔계 기자님께서 돼지에게 현혹되셨나 보군요."

갑자기 나타난 현장 선생님의 한마디에 나는 놀란 가슴을 쓸어내렸다. 나는 빠르게 현장 선생님에게 사과했다.

"놀라서 죄송합니다. 이 돼지가 돼지 같지 않고 사람 같다는 기분이 들었습니다."

"그러셨군요."

선생님은 별말이 없었다. 아까와 다르게 아무 말도 하지 않는 것이 너무 수상하게 느껴졌다. 아름다운 돼지와 현장 선생님이 서로 닮은 것 같기도 해, 혹시나 하는 마음으로 의문을 제기해 봤다.

"혹시 이 돼지는 선생님의 유전자를 섞어 만든 건가요?"

그 말에 현장 선생님은 나를 빤히 바라봤다. 물어봐서는 안 될 것을 질문한 것 같아 긴장되었다. 선생님은 차분한 목소리로 입을 열었다.

"예리하군요. 말씀대로 그 돼지는 제 유전자를 결합해 만들었습니다."

말도 안 되는 예상이 다 맞아떨어져서 나는 생각하는 것 자체를 포기했다. 현장 선생님은 내 예상을 훨씬 뛰어넘는 사람이었으니 사람 자체를 어떻게 생각해야 할지 잘 모르겠다. 이제 별로 놀랍지 않아서 나는 자연스럽게 질문으로 넘어갔다.

"왜 하필이면 자신의 유전자를 돼지와 결합한 것인가요?"

"아기를 만들기 위해 난자나 정자를 기증하는 사람은 있어도, 사람들은 자신의 유전자를 돼지와 결합하는 건 원치 않았습니다. 그 실험을 하면 자기 자신이 돼지가 되는 듯한 불쾌함이 느껴질 것 같아서겠지요. 저는 사람뿐만 아니라 이전 연구에서 돼지에게 소의 유전자를, 새우의 유전자를, 과일의 유전자를 결합해서 이 세상에 없는 새로운 맛의 고기를 창조하고자 했습니다."

현장 선생님은 돼지에게 들리지 않게끔 조용히 말했다. 나 역시 돼지가 듣지 못하게 조그만 목소리로 말을 이었다. 나는 현장 선생님에게 그러한 키메라 고기도 먹을 수 있는지 질문했다. 선생님은 사냥꾼들이 다람쥐, 곰, 사슴, 원숭이를 먹는 것과 같이 모든 포유류의 고기는 먹을 수 있다고 말했으며, 창조한 키메라도 먹을 수 있는 포유류라고 했다. 혼란스러웠던 나는 한 번 더 질문했다.

"선생님, 자신의 유전자가 결합된 생물이라면 자식이나 다름없을 텐데 선생님께서는 정말로 그 돼지를 드실 심산인가요?"

민감한 질문에도 현장 선생님은 주저함이 없었다.

"유전적으로야 제 자식으로 보이겠지만, 그것은 그저 먹기 위해 만들어진 가축입니다. 그리고 그것이 제 자식일지라도 진미일지 모르죠."

현장 선생님은 잠시 침묵했다. 인형처럼 아무런 표정 변화가 없던 그는 돼지 쪽을 바라보며 말했다. 돼지는 여전히 불상을 바라보고 있었는데, 맑은 눈동자의 돼지는 여전히 무념무상에 잠겨 있는 것으로 보였다.

"……그렇게 생각했었죠."

*

취재 1일 차의 늦은 밤이었다.

낮에 본 법당의 그 돼지는 뇌리에서 떠나지 않았다. 돼지는 어떤 사연으로 불상에 기도한 것인지 알 수 없었다. 기자의 감이지만 아름다운 돼지에게 사연이 매우 깊어 보였다. 오늘 밤에 저녁식사 약속까지 잡혀 있어서, 연구소의 전통 응접실에서 장지문을 열고 방 안으로 들어서니 현장 선생님과 라이너스 씨가 식탁을 두고 멀리 마주보며 앉아 있었다. 널따란 원목 식탁 위에 제철 채소로 만든 차가운 가이세키 요리가 일렬로 가지런히 놓여 있고 복분자로 만든 약주와 술잔도 놓여 있었다. 탁자의 왼쪽 끝에는 현장 선생님이, 오른쪽 끝에는 라이너스 씨가 앉아 있었다. 이들 사이로 불편한 시선이 흐르고 있는 것 같았지만, 나는 술잔이 놓여 있는 한가운데 자리에 앉았다. 연구소에서 몇몇 바이오 예술가와 연구자를 마주친 것 같은데 식사 자리에는 라이너스 씨만 참석한 게 의아했다.

"현장 선생님, 연구소에 다양한 분이 거주하고 계시는 것 같은데, 왜 그분들은 저녁 식사에 참석하지 않나요?"

"그동안 같이 먹자고 권유해 왔지만, 그분들은 직접 기른 작물로 저녁 식사를 직접 만들어 드시는 걸 선호합니다. 이곳에는 연구를 위해서 각자 농사지을 수 있는 땅이 분배되어 있지요. 그리고 내일은 그분들도 저녁 식사에 참석하기로 되어 있습니다. 내일 그분들이 팔계 미식가님과 좋은 대화를 나눌 수 있다면 좋겠군요."

나는 현장 선생님의 말만 듣고도 아직 대화를 나눠본 적 없는 그들의 마음이 조금 짐작이 되었다. 나 역시 앞으로 맞이할 식사에 살짝 긴장되었지만, 전문 미식인으로서 긴장한 티를 내지 않았다.

이윽고 도마뱀 머리 메이드가 연구소의 농작물로 만든 요리를 가져왔다. 보기만 해도 바삭해 보이는 채소튀김이었다. 다양한 채소를 튀긴 요리가 무척 예쁜 그릇에 담겨 나왔다. 세 종류 채소의 구성과 플레이팅에 감탄했다. 황금고구마 튀김과 연근 튀김 그리고 감자튀김이었다. 그릇은 연구소의 아트

레지던시에 입주한 공예가가 만든 것이며, 간장과 마요네즈에 찍어 먹은 채소튀김은 맛있었다. 일단 채소만큼은 평범한 것 같아서 안도했다. 이 튀김들은 어떤 점이 특별한 것인지 궁금해하자 현장 선생님이 설명해 주었다.

"지금 드신 감자는 튀김 요리에 적합하게 개량된 감자입니다. 원래 감자는 튀기면 발암물질이 생기는데, 우리 연구소에서 개발한 신품종 '화과감자'는 비타민C가 사과의 열 배나 들어 있으면서도 고열에 손상되지 않습니다. 튀겨도 감자의 영양분을 그대로 섭취할 수 있지요. 현재 감자튀김을 많이 먹는 네덜란드와 벨기에에서 이 감자의 종자를 수입해 우리 연구소로 고액의 로열티를 지불하고 있습니다."

"대단한 감자군요. 패스트푸드계의 혁신이 될 것 같습니다."

그러자 우리의 대화를 묵묵히 듣고 있던 라이너스 씨가 싸늘하게 조롱하는 목소리로 말했다.

“감자튀김에 비타민 C를 뿌려주거나 사과무스(Appelmoes)에 찍어 먹으면 되지. 그러면 부족한 영양이 보충되잖아. 요리법이 문제 아냐?”

듣고 보니 일리 있는 말이었다. 하지만 라이너스 씨가 사악하게 웃고 있어서 그가 비꼬는 것인지, 농담하는 것인지 알 수 없었다. 나는 애써 분위기를 화기애애하게 돌려봤다.

“그렇군요, 라이너스 씨는 감자튀김을 사과무스에 찍어 드시나 보군요.”

“아니, 내 고향에서는 구운 감자를 생크림하고 같이 먹어.”

세 사람이 있었지만 계속 정적만 흘렀다. 나는 어색한 분위기에서 계속해서 채소튀김을 먹었다. 요리는 맛있었지만 분위기가 불편해서 목멜 것 같았다. 말없이 도수가 센 복분자주만 자꾸 홀짝였다. 마침 도마뱀 머리 메이드가 나무 도마 접시에 코울슬로와 햄버거를 가져왔다. 전통 한옥 구조의 방에서 햄버거를 먹는 것이 마치 퓨전 한식 같기도 했다. 현장 선생님이 음식을 소개했다.

"이 코울슬로에 쓰인 채소는 연구소에서 개발한 씨앗으로 재배한 거랍니다. 겉보기에는 양배추처럼 보이겠지만 뿌리에서 당근이 자랍니다. 그리고 이 햄버거의 패티는 우리나라의 토종소인 백우의 체세포를 배양해 만든 고기입니다. 과거 우리나라 소는 흑우, 칡소, 백우를 포함하여 9종으로 매우 다양했지만 갈색 소만 한우로 인정받았습니다. 또한, 우리나라에는 백우의 개체수가 많지 않고 데이터가 부족해 기르기가 쉽지 않지요. 소를 기르지 않고도 배양육 개발에 성공했습니다. 소들은 유전병에 매우 취약한데, 1960년 미국 전설의 홀스타인 씨수소 조지프(Joseph)는 혼자서 16,000마리의 딸과, 500,000마리의 손녀, 200,000마리의 증손녀를 낳았지요. 하지만 조지프에게는 유산에 치명적인 돌연자 유전변이가 있어서 5,600억 원의 손실이 발생했답니다. 배양육은 소의 유전병 문제에서 매우 자유롭습니다. 그리고 팔계님의 건강을 위해 밀가루

번 대신, 포르토벨로 버섯을 개량해 만든 햄버거 빵 식감의 신품종 우산버섯으로 마무리했습니다."

비단뱀 스테이크 같은 던전 요리가 나올 줄 알았던 나는 햄버거에 진심으로 감탄했다. 이렇게 설명을 듣고 보니 바이오 식품의 세계는 굉장한 것 같았다. 나무 도마 위에 놓인 연구소 버거를 날카로운 톱날 나이프로 썰어 한 조각 베어 먹었다. 진심으로 맛있어서 깜짝 놀랐다.

"보통 실험실 배양육은 오리지널 고기의 맛에 못 미치는 경우가 허다한데, 이건 진짜 소고기라고 해도 믿겠어요. 한국 토종소 백우가 이런 맛이군요. 그런데 아롱사태 맛이 나는데, 혹시 아롱사태 부위를 배양하신 건가요? 오돌토돌한 젤라틴의 식감을 주기 위해서 아롱사태를 다져서 사용하신 것으로 보입니다."

현장 선생님은 내게 복분자주를 따라주면서 말했다.

"예리하군요. 역시 미식가입니다."

“별말씀을 하십니다. 현장 선생님께서 전설의 홀스타인 씨수소 ‘조지프’까지 아시는 것도 사실 대단합니다.”

나는 겸손을 떨고 나서 술을 들이켰다. 많이 마시지 않았는데도 도수가 높아서인지 벌써 취기가 올라오는 것 같았다. 현장 선생님은 계속해서 나를 칭찬했다.

“아까 생크림의 맛을 알아채신 것도 놀라웠는데, 고기의 맛으로 부위를 맞추다니 정말 감탄이 나옵니다. 역시 낙농가 출신이라서 남다르신 것 같습니다.”

“그렇습니다.”

나는 느닷없이 신나는 목소리로 대답했다. 술에 취해서인지 아까부터 점점 말이 술술 나오는 것 같았다.

“고향의 요리사들은 맛없기로 유명한 야채인 가지, 양배추, 콜라비까지 맛있게 만드는 사람들이었습니다. 그들은 제가 도이칠란트에서 두 입만 맛보고 물렸던 밀히라이스(Milchreis)를 도이칠란트보다 맛있게 만들 정도였습니다.”

"팔계님의 고향에는 굉장한 요리사들이 모여있군요."

"제 고향은 '산해평강 덮밥'이란 요리가 유명한, 물 좋고 맑은 곳입니다. 고향에는 먹을 것이 넘칩니다. 그래서 요리가 꽃피울 수 있던 겁니다. 고향에서 아버지는 저를 자주 데리고 식당에 다녔습니다. 아버지는 소를 유난히 아껴서 생산 능력이 떨어진 젖소를 쉽사리 처분하지 못할 정도로 선한 사람입니다. 당시 고향의 낙농가에는 돈을 벌기 위해 젖소에게 한우 세쌍둥이를 낳게 하는 기술이 만연했습니다. 젖소에게 대리모 역할을 시킨 거죠. 그렇지만 아버지는 너무 착해서 젖소가 송아지 한 마리만 출산해도 제 대학 등록금을 마련하는 데 무리가 없다 하셨지요. 아버지는 젖소를 무리시키고 싶지 않다고 하셨습니다. 실제로 젖소의 출산 과정은 사람만큼이나 힘들지요. 그래서 젖소의 처녀 수유 기술이 보급된다면 아버지께서 덜 힘드실 것 같기도 합니다."

"그래서 젖소 처녀 수유 기술이 궁금하다고 하셨군요. 팔계 기자님은 혹시 아버지의 목장을 물려받을 생각인가요?"

"그렇습니다. 그래서 여기 오기 전에 처녀 수유를 하는 젖소 이야기를 들었을 때 무척 궁금했습니다. 솔직히 저는 연구소의 젖소 관련 연구가 무척 궁금합니다. 제 대에서 젖소 사육을 대비해야 하니까요. 우리 아버지는 많이 늙었습니다. 어쩌면 제가 생각보다 일찍 물려받게 될지 모릅니다. 젖소 목장은 사람이 홀로 관리하기 어렵습니다. 제가 목장을 물려받으면 효율적인 젖소 사육을 하고 싶습니다."

현장 선생님은 나를 바라보며 미소를 지었다.

"당신은 야망이 많은 효자군요. 내일은 꼭 팔계 기자님께 사람의 모유가 나오는 젖소와 처녀 수유를 하는 젖소를 보여 드리도록 하지요."

현장 선생님과 나는 서로 영업용 미소로 대화를 마무리했다. 우리 둘의 분위기가 무르익을 때 라이너스 씨는 홀로 덤덤하게 복분자주를 홀짝였다. 라이너스 씨는 무언가 못마땅한 표정이었다.

*

나는 바이오 연구소의 예술인 레지던시에 위치한 숙소에서 잠을 청했다. 연구소의 농산품으로 만든 가이세키 요리는 일품이었고 내 입맛에도 맞았지만 마음 한구석은 석연치 않았다. 현장 선생님은 일반인의 윤리관을 많이 초월한 것 같았다. 단순히 '새로운 진미' 때문에 자신의 유전자를 가축에 결합해 종간교잡을 한 현장 선생님이 잘 이해되지 않았다. 사람이 동물의 유전자를 보유하는 것은 보통 사람의 신체 능력을 증강하기 위함이다. 달리기 선수가 치타의 다리 근육을 탐내거나 하늘을 날기 위해 독수리 수인이 되는 것은 이해한다. 그러나 단순히 먹기 위해서 사람과 동물의 유전자를 섞는 것은 일반적인 상식에서 벗어난다. 그것을 꼭 나쁘다고 단정할 수는 없지만, 미식의 즐거움이 생명의 존엄성보다 우선할 수 없다고 생각했다. 어쩌면 이곳은 내 예상보다 훨씬 더 진지하게 취재해야 하는 곳인지도 모른다. 나는 일어나서 건강초를 챙겼다.

모두가 잠이 드는 늦은 밤을 기다렸다. 건강초를 피우러 나가는 척하면서 연구소 바깥을 염탐하다가 뒷문 근처에서 라이너스 씨와 딱 마주쳐버렸다. 라이너스 씨도 그곳에서 전자담배를 피우고 있었다. 그에게서 담배 냄새가 안 나고 상큼한 항산화 물질 냄새가 나는 걸로 보아선 왠지 몸에 좋은 비타민C 담배인 것 같았다. 나와 그 사이에 불편한 공기가 흘렀다. 내가 실례하겠다고 말하자, 그는 대뜸 케이크의 맛은 어땠냐고 말을 걸었다. 맛은 있었다고 대답하자 그는 나를 비웃듯이 말했다.

"그거 내 몸에서 생산한 유크림이야."

나는 깜짝 놀랐다. "라이너스 씨, 당신이 왜?"

"바이오 아트 프로젝트를 위해서였어. 젖소를 대신해 인간이 자발적으로 인류를 위한 식량이 되는 거지. 네가 낙농가 출신이라고 들었어. 젖소를 아끼는 모습이 보기 좋더군. 그럼 젖소를 사랑하는 네가 윤리적으로 젖소를 대신해 젖소가 될 수도 있겠어?"

나는 잠시 고민하다 고개를 저었다.

"나는 낙농가에 태어났을 뿐이에요. 젖소는 낙농인의 삶 그 자체입니다. 젖소의 생산 능력이 떨어지면 경제적 손실이 생기니 젖소를 도살해야 한다는 내 운명은 이미 받아들였어요. 출산과 착유를 반복하는 젖소의 운명이 가엾다는 것은 알아요. 그래도 낙농업자로서 젖소가 최대한 행복한 생애를 살아가도록 도울 것입니다. 젖소가 행복하지 않으면 우유는 생산되지 않는다는 사실을 라이너스 씨도 잘 아실 겁니다. 라이너스 씨는 왜 젖소를 대신하고 싶은 것인가요?"

"나도 낙농가 출신이니까."

라이너스 씨는 조소를 띄며 나를 향해 담배 연기를 뿜었다. 나는 라이너스 씨를 말없이 바라봤다. 아까는 라이너스 씨가 매우 불편한 존재라고 생각했지만, 같은 낙농가 사람인 것을 아니 경계심이 다소 풀어졌다. 라이너스 씨가 뿜은 담배 연기는 마치 안개처럼 퍼졌다. 나는 연기를 피하지 않았다.

"이 세상에 젖소를 정말 사랑해서 젖소를 대신하겠다는 사람은 드물지. 젖소를 대신하기 위해서는 처녀 수유 기술이 필요하니 현장이 있는 연구소로 왔어. 전 세계의 많은 바이오 아트 지원자 중에서 내 프로젝트를 선택한 게 현장이니까. 어쩌면 스스로 젖소가 되겠다는 내가 현장의 맘에 들었을지도 모르지."

라이너스 씨는 살벌한 눈매로 나를 바라보며 계속 이야기했다. 나는 현장 선생님의 앞에서는 진지한 표정으로 일관했지만 라이너스 씨에게는 순진한 아이처럼 멀뚱한 표정을 지었다.

“현장은 예술가들과 과학자들을 위해 아낌없이 기술을 개발하고 제공해 줬지. 그건 고마웠어. 그놈은 세계 최초로 정자와 정자끼리, 난자와 난자끼리 수정시키기도 했고, 또 남자한테 난자를 추출하기도 했어. 그리고 유전적으로 네 명의 부모를 둔 중복 수정까지 해냈지. 심지어 임신한 남자까지 만들어냈어. 이 정도면 천재 과학자잖아. 편리하게 인공 인큐베이터를 개발해서 아기를 만들 수 있는데도 그가 왜 굳이 임신한 남자를 만들어냈는지 알아?”

나는 라이너스 씨가 무서워서 숨을 죽이고 모른다고 말했다. 그러자 그는 언성을 높여 말했다.

“인간의 몸은 그한테 장난감일 뿐이니까!”

나는 다시 깜짝 놀랐다.

“그건 게이 부부가 임신을 원해서 그런 게 아니었나요?”

“실제로 그 기술에 수요는 있었지. 하지만 수요를 거절하는 선택지도 있었어. 놈은 생명을 위해서 과학을 연구하는 건 절대 아니야. 시장에 수요가 있다는 핑계로 위험한 연구를 하는 과학자일 뿐."

나는 멍하니 라이너스 씨의 말을 경청했다. 라이너스 씨는 나를 잠시 말없이 바라보다가 장난스러운 미소를 짓더니 담배 연기를 한 번 더 뿜었다.

"낙농가 사람이라면 우유에 좋은 향을 첨가하기 위해 젖소에게 일부러 특정한 허브를 먹인다는 사실을 넌 알고 있겠지. 특히 산모가 모유 수유를 할 때 음주를 해선 안 된다는 사실도. 네가 먹은 케이크에는 처녀 수유를 촉진하는 물질도 있어서 곧 너한테도 부작용이 생길 거다."

그 말에 나는 소름이 끼쳤다. 잘못 먹은 처녀 수유 케이크 때문에 홀스타인 인간이 된다니 머릿속이 새하얘졌다. 낙농가 사람으로서 젖소의 생애를 잘 알고 있다 보니 스스로가 젖소가 된다고 생각하자 두려움이 엄습했다. 점심으로 먹은 케이크가 식도를 역류해 올라올 것 같은 느낌에 입을 틀어막으며 당황하자 라이너스 씨는 농담이라면서 크게 웃었다. 그는 자리를 떠나면서도 웃으면서 나를 겁줬다.

"내일의 미식회를 조심해."

방금 한 말은 무서웠지만 라이너스 씨는 사납긴 해도 좋은 사람인 것 같았다. 내가 〈이세계 미식회〉의 취재를 결심했을 때 이식(異食)을 하게 될 것은 이미 각오했지만 라이너스 씨가 그렇게 말해줘서 내일의 만찬회가 훨씬 두려워졌고, 각오를 더욱 다졌다. 복잡한 마음과 함께 방으로 돌아가려고 움직였다.

갑자기

어디선가 들려온 한 발의 **총성** 소리에 나는 깜짝 놀라 몸을 숙였다. 총성이 들린 것치곤 평화로운 밤이었는데 잘못 들은 건가 싶었다.

*

다음 날 아침, 나는 숙취와 함께 눈을 떴다.

간밤에 가위에 눌린 것 같았다. 이마에는 식은땀이 흘렀고 아침의 햇살은 눈부셨다. 어젯밤 라이너스 씨가 한 농담 때문에 하필 젖소가 되는 악몽을 꿔서 기분이 좋지 않았다. 꿈속에서, 나는 정육점처럼 붉은 조명이 감도는 밀실에 현장 선생님과 마주 보며 탁자에 앉아 있었다. 정육점의 향기가 나는 붉은 방에는 웃는 돼지머리 모양의 조명이 가득했는데, 현장 선생님이 빈 유리잔을 들고 있었다. 이상하게 내 가슴이 매우 축축하여서 살펴보니 가슴에서 젖이 흐르고 있었다. 심지어 옆에서 라이너스 씨까지 젖소용 10L 착유기를 들고 나타나 서 있었다. 그들은 내게 점점 다가왔다. 나는 그들의 젖소가 되고 싶지 않아서 있는 힘껏 발버둥을 치며 꿈에서 깼다. 꿈속이 너무나 생생한 감각으로 느껴져서, 꿈에서 깬 지금도 소름이 끼

쳤다. 나는 내 가슴을 살펴보았다. 문제가 없어서 안도의 한숨을 쉬었다. 꿈속에서 당하기 전에 깨서 다행이었다.

그 와중에 도마뱀 머리 메이드가 문을 두드렸고, 내 방으로 들어와 아침 식사를 놓고 갔다. 갓 구운 영국식 스콘과 장미잼, 그리고 우유였다. 아무래도 그 우유가 수상쩍었지만, 웅취가 안 나는 것으로 보아 남성의 젖이 아니라 진짜 우유인 것 같아 안심하고 마셨다. 그런데도 연구소의 우유를 마시는 게 영 꺼림칙해서 금방 세면대에서 장미잼과 함께 우유를 게워냈다. 평소에는 술을 마시면 해장으로 생우유를 즐겨 마셨지만, 평범한 우유가 오늘따라 생고기 냄새만큼이나 비렸다. 낙농가의 자식으로서 부끄러운 소리지만 이곳에 있으면 우유포비아가 생길 것 같았다.

오늘은 아침부터 메인 연구소에서 현장 선생님을 만나기로 했다. 현장 선생님은 홍차와 함께 어제와 똑같은 생크림 케이크를 먹고 있었다. 나는 그 모습이 의아해 물었다.

"현장 선생님, 그 케이크를 자주 드시는지요?"

"그렇습니다. 매일 아침마다 먹지요. 젖소가 생산한 우유로 만든 생크림 케이크를 먹는 것보다 인간이 자발적으로 생산한 생크림으로 만든 케이크를 먹는 편이 죄책감이 덜하므로 마음껏 먹을 수 있기 때문입니다. 특히, 저 같은 중년 남성은 호르몬 감소로 체중조절이 쉽지가 않아서 테스토스테론이 함유된 남성의 인유는 중년 남성의 건강에 유익한 점이 많습니다."

현장 선생님은 아무렇지 않은 듯 무덤덤하게 케이크를 먹었다. 케이크를 매일 먹는다는 현장 선생님의 말에 부작용을 걱정한 내가 바보처럼 느껴졌다. 솔직히 남성의 젖이 중년남성의 건강에 유익하다니 내심 혹했다. 나는 아침부터 종일 현장 선생님과 함께 10헥타르 규모의 인공 밭과 인공 숲을 취재했다. 현장 선생님은 트랙터를 직접 운전하며 나를 데리고 밭을 가로질렀다. 밭을 자유롭게 배회하는 젖소가 보였다. 연구소의 젖소는 내 고향의 젖소들처럼 유유자적해 보였다. 현장 선생님은 그 젖소를 가리켰다.

"이 젖소가 팔계 기자님이 찾고 계시던, 처녀 수유가 가능한 수컷 젖소 마리입니다."

나는 트랙터에서 내려 젖소에게 가까이 다가갔다. 홀스타인 젖소는 사람을 전혀 두려워하지 않는지 내게 호기심을 갖고 다가왔다. 젖소의 목에는 위치 파악이 쉽게 금색 종이 달려 있었는데, 내 걱정과 달리 연구소 젖소의 상태는 무척 양호해 보였다. 젖소는 정말로 수컷이었다. 이곳 젖소들은 사람에게 장난칠 줄 알고 행복해 보였다. 수컷 젖소는 대체로 육우로 키워지는데, 처녀 수유 기술이 보급된다면 젖소 목장을 좀 더 효율적으로 운영할 수 있을 것 같았다. 나는 생명을 소중히 여기면서도 경제적 가치와 효율성을 따지고 있었다. 이건 어쩔 수 없는 직업병이라고 생각했다. 안타까워도 생산 능력이 떨어진 젖소의 처분을 결정하는 걸 언젠가는 내가 해야 했다. 나는 젖소의 머리를 쓰다듬었다. 젖소는 매우 온순했다. 나는 자연스럽게 아빠미소가 지어졌다. 이를 본 현장 선생님이 의아했는지 질문했다.

"젖소를 많이 좋아하시나봅니다."

"네, 저한테는 개 고양이보다 젖소가 제일 예쁩니다. 아니, 목축견 보더콜리와 셰퍼드도 젖소만큼 많이 예뻐서 좋아합니다."

"그렇게나 젖소를 좋아하는데, 팔계 기자님은 낙농업을 하길 원하십니까?"

"그렇습니다. 젖소를 사랑하지 않는다면 낙농업을 할 수 없습니다. 매일 신선한 우유를 얻을 수 있다는 기쁨이 젖소목장에 있습니다. 낙농업자가 젖소에게서 강제로 착유한다는 오해가 있으나, 자동 착유 시스템을 도입하는 현대적인 젖소목장에서는 젖소들이 자율적으로 착유실에 들어와 인간을 위해 기꺼이 젖을 내어줍니다."

"…."

현장 선생님은 나를 무덤덤하게 바라보다가 왼쪽으로 시선을 겨누더니, 나에게 연구소의 아카이브실이 저쪽에 있다고 알려줬다. 그곳에는 내가 원하는 낙농 기술에 관한 모든 자료가 있으며, 바이오 예술가와 연구원들도 있다고 했다. 그러고는 당부했다.

"저녁 6시까지 그분들과 함께 연구소로 돌아오는 것을 잊지 마십시오."

현장 선생님은 트랙터를 타고 유유히 떠났다. 나는 풀밭 한가운데에서 젖소 마리와 둘이 남겨졌다. 풀밭을 가로질러 연구소의 아카이브실로 걸어갔다. 수컷 젖소 마리는 연구소의 입구까지 함께 따라왔으나, 내부까지 들어오려고 하지 않았다. 문을 천천히 열자 안에는 내 또래의 남성 두 명과 여성 한 명이 있었다. 나는 자료를 열람하러 왔다고 용건을 말했고, 서로 어색하게 인사했다. 그분들의 연구를 방해하지 않도록 조용히 젖소 관련 자료를 찾아 읽었다. 아카이브실에는 미래의 낙농업에 관한 힌트가 많았고, 낙농업 외에도 흥미롭고 굉장한 연구들이 많아 나는 그 자료들에 푹 빠졌다.

한 나무에 여러 가지 과일이 나오게 하는 과수 재배기술, 젖소에게 고급 축산동물인 산양을 생산하는 이종 대리모 기술에 심지어 젖소에서 민트초코와 딸기맛의 우유를 생산하는 기술까지 있었다. 하트모양의 발렌타인 포도 품종도 있었고, 실제 영국 왕실 국가기밀 민트초코아이스크림 레시피와 코카콜라의 기밀 레시피까지 있는 등 연구자료들은 일반인들의 생각을 초월했다. 특히, 녹색, 회색, 노란색, 빨간색, 보라색, 주황색 등의 알록달록 다양한 색상의 〈무지개 까망베르 치즈 곰팡이 포자〉는 굉장히 탐났다. 치즈에 콕콕 박힌 곰팡이들이 형형색색 아름다웠다. 이전에는 까망베르 치즈 포자도 우리나라 옛날 소들처럼 색깔이 매우 다양했다. 너무 흰색 곰팡이 포자만 사용하였더니 이제 흰색 곰팡이 포자는 유전적 다양성을 잃고

무성생식 번식력이 약해지고 있어서 미래에는 까망베르를 먹지 못할 수 있다. 그러니 쌀, 감자, 딸기 같은 사소한 작물부터 치즈곰팡이, 소까지 유전적 다양성이 있어야 미래에 우리가 굶주림 문제로부터 자유로울 수 있다. 좀 더 심층적인 조사를 하고 싶었지만 바깥은 어느새 저녁놀로 물들고 있었다. 시계를 바라보니 벌써 5시 반이었다. 저녁 6시까지 연구소로 돌아가야 했다.

바로 〈이세계 미식회〉를 위해.

이제 본격적으로 취재를 해야 한다니 긴장이 되었다. 주변을 둘러보니 아카이브실에는 아무도 없었다. 나는 서둘러 건물 밖으로 나와 건물에 있던 사람들을 찾다가 1층 창문 근처에서 젊은 남자 둘이 심각한 표정으로 대화를 나누는 걸 발견했다. 아까 인사한 프랑스 남자와 중국 남자였다. 그들을 불러세우려는 참에 프랑스 남자는 질색하는 표정으로 고개를 절레절레 저었다.

“정말 가기 싫어.”

“오늘은 기자까지 와서 취재하는데 우리가 협조 정도는 해 줄 수 있지 않은가. 우리야말로 받은 것이 많은데. 지난주에 연구소에서 자네를 생각해 줘서 프랑스 요리를 해줬으니 오늘은 맛보는 시늉 정도로-.”

“구카이즈(顧愷之), 이번에 무슨 요리가 나올 줄은 알고? 프랑스 사람이라고 모든 프랑스 음식을 좋아한다고 생각하는가? 소 방광에 넣은 영계요리(Poularde en Vessie)와 술독에 빠진 장님 새 요리(Ortolan)를 보고 내가 반드시 감동해야 하겠는가? 자네야말로 취새우에 감격했겠지!”

“간디스토마 감염 걱정 없는 취새우 맛은 훌륭했고 격려를 해야 마땅한 식재료였어. 이번에 빠지면 불성실 수행으로 예술 창작 지원금 전부 토해내야 할 상황인데 괜찮겠어?”

“젠장….”

프랑스 남자는 근처에 있던 토마토 열매를 따서 한 입 먹더니 갑자기 너무 달다는 핑계로 토마토를 확 집어 던졌다. 그는 애꿎은 토마토에 화를 내고 있지만 무척 안절부절못하는 모습이었다. 나는 천천히 그들이 대화를 마치기를 기다렸다. 가슴이 두근거렸다. 저 두 남자의 대화를 통해서 지금까지 먹은 요리는 약과일 거란 생각이 확실히 들었다.

제 2 장

6시에 레지던시의 주방에서 대망의 만찬회가 열렸다.

총 일곱 명의 사람들이 모두 시간을 지켜 참석했다. 각자의 테이블에는 식전주로 핏빛 와인잔이 놓여져 있었다. 마치 뱀파이어 만찬회에 온 기분이 들었고 긴장감을 놓칠 수 없었다. 미식회의 주최자인 현장 선생님이 만찬회 자리에 앉자마자 팔이 여덟 개 달린 요리사는 플레이팅을 하기 시작했고, 샛노란 눈동자를 한 도마뱀 머리의 메이드가 우리 앞에 요리를 놓기 시작했다. 매우 작은 크기의 식탁보 모양의 접시 위에 한입 크기의 요리가 올라가 있었는데, 미식회에 막 도착한 손님들의 허기를 해결하는 미니 요리인 아뮤즈부쉬로 스테이크 카나페와 크림수프가 나왔다. 카나페는 큐브 모양의 소고기 스테이크 위에 호랑이 배추로 만든 황금 백김치가 올려져 있었으며, 연구소에서 재배한 브로콜리로 만든 소고기 크림수프가 함께 서빙되어 있었다. 식사를 시작하기 전 현장 선생님은 식전주로 핏빛 석류주가 담긴 와인잔을 들더니 나를 모두에게 소개했다.

"오늘은 특별한 손님을 모셨습니다. 이분은 세계 최고의 미식 잡지 〈아르미〉의 맛 칼럼니스트 팔계님입니다. 오늘은 특별한 요리를 먹을 것이니 특별히 미식가를 초대했습니다. 예술이 감동이라면, 우리는 미각을 통해 예술을 느낄 수 있을지 모릅니다. 여러분, 부디 이번 만찬을 즐겨주십시오."

그러자 라이너스 씨는 도발하듯이 웃으며 말했다.

"아트라고 어물쩍 넘기는 것이 교활하군. 재미있으니까 내가 한국을 떠날 때까지 댁과 어울려주도록 하지."

"라이너스 군, 전부터 느낀 건데, 자넨 왜 날 그렇게 싫어하는가?"

"알게 뭐야, 얼른 드시기나 해."

현장 선생님은 그런 그에게 부처님 같은 미소를 지었다. 내가 보기에는 라이너스 씨가 현장 선생님을 싫어한다기보다는 재미있는 영화를 기대하는 관객 같았다. 그는 진심으로 미식회를 설레어 했다. 만찬회의 최연장자인 현장 선생님이 핏빛 식전주를 마시고 아뮤즈부쉬를 우아하게 한 입 먹자 이어서 다른 사람들도 식사를 시작했다. 고기 카나페는 파인애플 장식이 달린 금제 칵테일픽으로 꽂혀있는데, 한입에 넣어보니 소고기 맛이 조금 특이했었다.

'이 소고기는 뭐지?'

식감은 분명히 소고기였으나 치즈 맛이 났다. 분명히 핑크빛 고기 색상을 띄는데도 핑크색 치즈 같았다. 또한, 크림수프는 향이 강한 소고기가 다량 들어갔음에도 불구하고 소고기 맛이 전혀 진하지 않았고 우유 맛이 더 강하게 났다. 소고기를 잘 못 먹는 나도 거부감이 없는 이상한 요리였다. 핑크색 할루미 치즈인지 소고기인지 잘 모르겠다. 아마도 내가 한 번도 먹어본 적이 없는 소고기 부위였을 것 같았다. 다 먹고 나서 음식에 대한 설명을 서버인 도마뱀 머리 메이드가 해줄 것으로 생각했으나, 도마뱀 메이드는 설명 없이 침묵을 지켰고 요리사는 오픈형 주방에서 튀김요리를 하느라 8개의 팔이 분주하게 움직이고 있었다.

설명이 필요없는 평범한 소고기인가? 내가 속으로 의아해하는 사이, 도마뱀 머리 메이드는 바로 전채요리를 가져왔다. 전채요리는 돈가스였다. 돈가스는 스테이크처럼 두툼하게 나왔는데, 노루궁뎅이 버섯 위에 폭신하게 올려져서 나왔다. 요리는 블러드석류로 만든 붉은 무스로 장식되어 있었다. 돈가스 자체는 매우 평범해 보였지만 건드리고 싶지 않을 만큼 소중해 보였고 플레이팅은 마치 아름다운 작품 같았다. 만찬회의 최연장자인 현장 선생님이 돈가스를 한 입 먹자 이어서 다른 사람들도 식사를 시작했다. 나 역시 돈가스를 잘라서 육안으로 돈가스 고기를 관찰하였다. 어떤 점이 특별한지 잘 모르겠으나 굉장히 맛있어 보이는 평범한 돼지의 어깨살로 보였다. 나는 고기 조각을 입에 넣었다.

극강으로 먹어본 돈가스 중에서 가장 부드러운 고기였다.

돈가스는 분명히 돼지의 어깨살 같아 보였는데 무스케이크처럼 부드럽게 씹혔다. 돈가스 고기는 안심처럼 매우 부드러웠으나 100% 돼지고기라 하기에는 풍미가 낯설었다. 분명 어디서 맡아본 동물의 냄새가 났는데 제대로 기억나지 않았다. 내가 생각에 빠져있자 현장 선생님이 궁금해 하였다.

“걸리시는 것이 있으신가 봅니다.”

“아닙니다. 이것은 단순히 맛있다고 표현하기 어려운 맛이라서 그렇습니다.”

“그 말은 무슨 의미일까요?”

“저는 돈가스가 예술의 경지에 이르면 이런 것이 아닐까 생각하고 있었습니다."

"돈가스가 예술이 될 수 있다고 생각하시는 관점이 흥미롭습니다. 좀 더 설명해 줄 수 있을까요?"

"사실 우리가 돈가스를 먹는 시간은 길어봐야 20분이지만, 돈가스는 요리사의 오랜 시간과 정성이 들어간 하나의 작품입니다. 제가 돈가스를 먹었을 때 거슬리는 점이 하나도 없었는데, 핀셋으로 혈관과 힘줄을 일일이 제거하고 칼턱으로 힘줄을 많이 잘라낸 것으로 보였고 전처리 과정에서 많은 수고와 정성이 느껴졌습니다. 만약 뻑뻑한 등심인데도 불구하고 우리가 부드러운 돈가스를 먹었다면 그만큼 많은 정성이 들어갔다고 볼 수 있습니다."

그러자 내 말을 듣고 있던 옆자리 여자분이 감탄했다.

"제가 먹고 있는 부드러운 돈가스에 그만한 정성이 들어가는 줄 몰랐습니다. 돈가스 원육인 등심과 안심은 저렴한데 돈가스가 왜 비싼지 이해되네요."

"돈가스의 극강의 부드러움을 위해서 돈가스용 고기손질 전처리 과정도 중요하나 요리법 또한 중요합니다. 잘하는 돈가스집은 돼지 원육을 통으로 주문하여 직접 불필요한 지방 부분을 제거하며 모은 지방으로 튀김유인 라드를 만들어 돈가스를 튀깁니다. 이 돈가스는 광택이 없는 걸 보아서는 식물성 기름이 아닌 지방을 직접 모아서 만든 수제 라드로 튀긴 걸로 보입니다. 아까 돈가스를 타닥타닥 튀기는 소리가 잘 안 들렸는데 돈가스는 극강의 부드러움을 위해서 저온의 라드에서 천천히 익히고 고기를 휴지시키면서 여열로 완성한 것으로 보입니다. 저는 예술을 모르지만 돈가스는 요리사의 시간이 담긴 예술이라 생각합니다."

사람들이 모두 감탄하며 돈가스를 바라보았다. 나의 돈가스 예찬을 듣고 있던 팔 여덟 개 달린요리사는 말없이 옅은 미소를 띠며 다음 요리를 준비하였다.

"저…"

갑자기 옆자리에 앉은 여성분이 살코기가 참으로 고소하다며, 소의 유전자를 이식한 돼지고기인지 물었다. 그동안 연구소에서 오키나와 아구, 제주 흑돼지, 미국 듀록, 영국 버크셔 등 모든 품종의 돼지고기를 맛보았다고 하였는데 이번 돼지고기는 좀 다른 것 같다고 하였다. 현장 선생님은 육즙 가득한 핑크빛 돈가스를 한입 베어 먹고서는 냅킨으로 입가를 닦으며 설명했다.

"과거에는 고기를 얻으려면, 이마에 정을 내서 도끼를 찍는 식으로 도축하거나 가정에서 도축하는 것이 일반적이었습니다. 전문적이지 않은 일반인이 도축하였으므로 고기 품질이 떨어졌습니다. 현대에 이르러서는 도축방식은 깨끗하고 위생적이고 빠른 공장식 도축으로 바뀌었습니다. 닭은 전기가 흐르는 물에 담가서 기절시키고, 돼지는 이산화탄소로 기절시키거나 전기가 흐르는 장치로 기절시키며, 소의 경우 이마 정중앙에 직접 총구를 겨눕니다. 그때가 동물보호법이 막 구체화

하기 시작하던 2010년대였는데, 좋은 고기를 얻으려면 그렇게 하는 수밖에 없었습니다. 지금도 마찬가지입니다. 어디선가 고기소의 이마에 총구를 겨누는 곳이 있죠. 마취제로 평화롭게 죽일 수는 있지만 마취 성분이 든 고기를 사람이 먹을 수는 없으니까요. 도축업자는 도축할 때 소의 신장을 꺼내서 항생제 잔류 검사를 합니다. 그래서 저는 연구소에서 최대한 현대적인 도축방법으로 고통스럽지 않게 제 유전자를 이식한 돼지를 직접 총으로 쏴서 도살했습니다. 돼지는 발버둥 치지 않고 제 무릎 위에서 평화로운 얼굴로 죽었습니다. 즉사 이후 바로 경동맥을 베어서 거꾸로 방혈했습니다. 여러분이 지금 드시고 있는 것은 돼지의 생명과 맞바꾼 귀중한 고기랍니다."

"……."

비로소 어젯밤의 총성이 이해되었다.

이것이 내가 어제 본 잘생긴 돼지, 즉 반인반수 고기. 굉장한 고기였다. 돈가스에 붉은 과일 무스는 독특하다고 생각했는데 왜 이런 플레이팅을 했는지 이유를 알 것 같았다.

갑자기 덴마크로 출장을 갔을 때 5성급 고급 레스토랑에서 부활절 전통 요리로 고양이고기 스튜를 먹었던 것이 떠올랐다. 가죽을 벗긴 고양이가 수직방혈을 위해서 거꾸로 주방에 걸려 있었고, 고급 식기에 담긴 고양이고기는 매우 꺼림칙했다. 하지만 먹어보니 의외로 식재료로서는 괜찮았다. 덴마크 근해에서 잡히는 청어를 먹여 키웠다는데, 그래서인지 고기에서는 멸치 냄새 비슷한 비린내가 났고 맛은 닭고기와 유사했다. 알고 보니 만우절 기념 특집 기사를 쓰느라 토끼고기를 청어절임으로 숙성해서 나를 속인 것이었지만, 고양이고기라고 생각하고 접했을 때의 거부감은 컸다. 그때는 용기 내서 먹은 고기가 고양이 고기가 아니라서 실망했지만, 일단, 보통 사람들이 특정한 고기를 혐오하듯, 이 사람들은 식재료에 대한 편견 때문에 침묵하고 있는 걸까? 먹을 수 있는 식재료인데 먹을 수 없다고 오해해서 그런 것일까? 그나마 다행인 것은 그 돼지가 '기절'이 아니라 제대로 확실하게 바로 죽었다는 점이었다.

식사 공간은 쥐 죽은 듯 조용했다.

나는 침묵 속에서 천천히 포크와 나이프를 들었다. 고급 나이프로 묵묵히 돈가스를 잘랐다. 돈가스는 바삭하게 잘 튀겨져 있어서 자를 때 바삭바삭 소리가 났다. 바삭바삭하는 소리가 모두가 침묵하는 가운데 매우 선명하게 잘 들려서 모두가 나를 바라봤다. 의도치 않게 주목받았다.

나는 잘라놓은 돈가스를 포크로 찍어, 단면의 붉은 육즙을 빤히 바라봤다. 돈가스의 냄새도 살짝 맡아봤다. 어제 도축했을 텐데 나쁜 냄새는 나지 않았다. 하지만 어제 맡았던 그 돼지의 향기가 확 났다. 돼지의 아름다운 얼굴이 떠올랐다. 그 돼지와 이미 말을 나눠본 적이 있어서 먹기가 꺼림칙했지만, 아버지가 나를 키운 것처럼 그 돼지를 애지중지 키웠을 현장 선생님도 먹는데 내가 이 고기를 먹지 못할 이유는 없었다. 내가 집어먹으려던 순간에 베르나르 씨가 돈가스를 보며 중얼거렸다.

“젠장, 탄탈로스의 만찬인 거냐.”

그 말에 식탁요리가 되버린 펠롭스를 먹는 기분이 들었다. 하필이면 내가 먹고 있는 것이 부드럽고 촉촉한 어깨살이었다. 만찬회의 사람들이 돈가스를 거의 씹지 않고 삼키는 것과 달리, 나는 고기를 씹고 맛을 진중하게 음미했다. 좋은 고기라서 맛있었다. 라이너스 씨는 사냥감을 잡아먹듯이 돈가스를 썰지 않고 거칠게 먹었다. 왜 그는 부드러운 안심살을 그렇게 먹는지 이해할 수 없었다. 그 옆의 중국인 남자가 점잖게 고기를 썰어 먹는 것과 대비되는 모습이었다.

식사 시간은 충분했는데도 돈가스를 다 먹지 못한 사람이 몇 명 있었다. 그중 베르나르 씨는 겁에 질렸는지 얼굴이 새파랗게 질려 있었다. 모두 무척 조용했다. 웃고 있는 사람은 라이너스 씨뿐이었고, 그는 이 광경을 즐기는 것처럼 보였다.

"당신은 무슨 맛이 나는지 궁금했는데, 이렇게 간접적으로 맛보게 될 줄은 몰랐군."

"라이너스 군, 아직 첫 요리에 만족하기 이르지 않을까."

"첫요리부터 〈펠롭스 커틀릿〉인데 매우 재밌잖아. 얼마나 날 즐겁게 해줄 건지 다음 요리가 벌써 설레어."

라이너스 씨가 농담하였지만 모두 호응하지 않았다. 탄탈로스는 신을 시험하기 위해 아들 펠롭스를 요리해서 만찬으로 올렸다. 우리에게 이 요리를 통해서 무엇을 시험하고 싶은지 알 수 없었으나, 모두의 어색한 침묵 속에서 내 옆자리 공예가 여성은 떨리는 목소리로 자신의 추억을 이야기했다. 자신은 절대 음식을 남기지 말자는 주의이고, 배고픈 학창시절에 처음으로 24시 순댓국을 사 먹었는데 순댓국의 머릿고기는 기분 나쁘게 물컹거렸으나, 도축된 돼지가 안타까워서 일부러 다 먹었다는 말로 이야기를 끝마쳤다. 돼지고기를 잘못된 방식으로 도축해서 그런지 비계에 피멍이 많았었고 지금 먹는

이 요리가 훨씬 낫다는 취지에서 꺼낸 이야기지만, 아무도 여성의 말에 반응을 보이지 않았다. 나는 여성분께 넌지시 알려주었다.

"그 돼지는 절대로 잔인하게 때려서 죽인 것이 아닐 가능성도 있습니다. 돼지를 제대로 기절시키지 않으면, 돼지가 살려고 발버둥 치다 보니 피멍이 들 수 있습니다. 피멍이 든 고기는 판매를 할 수 없기 때문에 저렴한 순대국밥집으로 흘러간 것으로 보입니다."

고기의 품질은 절대 거짓말을 하지 않는다. 스트레스는 고기의 품질과 맛에 크게 영향을 주기 때문에 소비자는 좋은 고기를 찾아 먹으려고 노력하면 되었다. 하지만 내 말은 아무에게도 와닿지 않았다. 그 여자분의 얼굴은 더 창백해졌고, 나는 내가 무슨 말실수를 한 건지 알 수 없었다.

"…."

어색한 침묵 속에서 두 번째 요리가 준비되기 시작했다.

도마뱀 메이드는 식재료가 든 아이스박스를 통째로 들고 왔는데, 그것은 깨끗한 순백의 천에 감싸여 있었다. 아직 공개 전이지만 비릿한 젖 내음이 풍겨왔다. 나는 고기를 촉촉하고 부드럽게 보존하기 위해서 우유에 적신 천으로 감싼 것으로 생각했다. 우유와 치즈 같으면서도 생고기 냄새도 조금 나서 뭔지 짐작이 안 되었다.

"이번 요리는 낙농가 출신의 손님인 팔계 기자님과 제가 아끼는 라이너스 군을 위해서 '진짜 우유튀김'을 만들 수 있는 특별한 식재료를 준비하였습니다. 여러분께서 제일 먼저 아뮤즈부쉬에서 이미 맛본 식재료이지요. 메인요리가 따로 있었기 때문에 처음부터 식재료를 공개하지 않았습니다."

"오, 드디어."

라이너스 씨는 입꼬리를 살짝 올리며 기대감을 감추지 않았다. 나 역시 남몰래 조용히 기대하였다. 드디어 카나페와 고기 크림수프에 사용된 식재료가 공개되기 시작하려고 하였다.

먹으면서 진심으로 소의 어느 부위인지 정말 궁금했다. 분명히 그것은 소고기임에도 소고기 같지 않으면서도 치즈 식감에 우유 맛이 났기 때문이다. 현장 선생님이 식재료를 언급하기 시작했다.

"최근 고급 미식재료로 급부상 중인 식재료이나, 도축업자들이 잘 취급하지 않는 희귀한 식재료입니다. 프랑스에서는 이미 식재료로서 사용하며 Tétines de vache라고 불립니다."

Vache는 소라는 뜻인데 Tétines은 무슨 뜻인지 감이 안 왔다. 진짜 우유튀김이라는데, 왜 우유(Lait)라는 단어가 없는 것인지 의아했다. 적어도 내가 배운 프랑스어 요리단어에는 없었다. 나와 같은 낙농가 출신 라이너스 씨도 감이 안 잡히는 것 같았다. 프랑스어를 알아듣는 베르나르 씨는 설마하는 눈빛을 보이더니 이윽고 손을 입에 갖다 대는 것이 마치 입을 틀어막을 준비 하는 것 같았다. 그의 반응을 미루어보아서는 소의 보통 부위가 아닌 것 같았다. 우유튀김은 전분에 굳힌 우유묵을 가지고 튀기는 것으로 알고 있었다. 직접 식재료를 손질하는 모습을 연출하겠다고 하니 왜 액체인 우유를 손질하는 건지 이해가 안 갔으나, 실제 식재료를 보고 가슴이 무거워졌다.

익숙한 얼룩무늬, 고기였다.

분명히 홀스타인 젖소고기이다. 그것은 고기면서도 우유였다.

그것은 나에게 매우 익숙한 소의 부위.

우리 집 소중한 재산.

"처녀수유 젖소의 유통입니다."

현장 선생님이 말하지 않아도 모두 그게 뭔지 잘 알았다. 유통에는 있을 것이 다 달려있었다. 모두 표정을 감추지 못했다. 항상 내가 손수 착유했던 젖소의 유통을 식재료로 바라보게 되어서 어색했다. 모두 입을 제대로 다물지 못하였다. 그중 누군가가 중얼거렸다.

"털이 생생하게…."

그 말에 젖소의 유통에 털이 나 있는 것을 발견했다. 금방 죽었는지 털이 꼿꼿하게 서 있었다. 털 때문에 모두 숨죽였다. 모두 안중에도 없다듯이 팔 8개 달린 요리사는 진지한 표정으로 전처리 과정을 시작했다. 갑자기 도마뱀 머리 메이드는 미식회에 참석한 사람들에게 보호안경을 나눠주기 시작했다. 현장 선생님이 당부했다.

"모두 시력 보호를 위해서 보호안경을 착용하여 주시길 바랍니다"

나는 보호안경을 착용했다. 안경을 쓰니 모든 것의 명암이 어둡게 보였다. 유통을 절단하는 것이 잔인할 수 있어서 배려 차원에서 그런 줄 알았다. 요리사는 제일 먼저 핑크색 모근제거기로 젖소의 모근까지 세심하게 제거했다. 그다음 핑크색 6중날 면도기로 나머지 잔털을 제거하였다. 그러고 나서 여성용 면도기로 제거 못 하는 잔털은 토치로 지지는 줄 알았더니,

피부과에서 쓰이는 1억 원 시가의 젠틀맥스 레이저로 잔털과 얼룩무늬까지 꼼꼼하게 지졌다.

팟-

팟-

레이저로 지지는 소리와 함께 강렬한 빛이 반짝였다. 실내 환풍기는 작동되고 있었으나 머리카락 타는 비슷한 냄새로 인해 없던 식욕이 마이너스로 떨어지는 것 같았다. 보호 마스크를 쓴 요리사는 마치 용접공처럼 보였고, 레이저로 털 태우는 소리가 끊임없이 들려왔다. 보호안경을 쓰라고 하는 게 저 레이저 빛 때문인 것을 알게 되니 긴장이 풀렸다. 아마도 세상에서 가장 비싼 조리 기구일 것이다. 모근과 얼룩무늬까지 깔끔하게 제거하는 것부터 완벽했다. 요리사가 전처리 과정을 끝내고 거대한 식칼로 유통을 절단했을 때, 붉은 피 대신 흰 우유가 주륵 흘러나왔고, 유선조직이 터져서 요리사의 얼굴에도 우유가 튀었다. 지켜보던 모두에게도 우유가 조금 튀었는데

베르나르 씨는 눈을 질끈 감았고 나는 우유가 튀어도 가만히 지켜보았다.

전처리 레이저 작업이 끝났지만 모두 보호안경을 쉽사리 벗지 않았다. 보호안경을 벗고 맨눈으로 생생하게 유통 손질 과정을 진지하게 지켜보는 사람은 낙농가 출신인 나와 라이너스뿐이었다. 라이너스 씨는 웃음기 없이 지켜보았고, 나 역시 출산한 적이 없으나 괜시리 젖몸살이 온 것처럼 가슴이 무겁고 숙연해졌다. 비농가인에게 한낱 고기 조직에 불과하겠지만, 나는 그게 유선 조직이라고 매우 상세하고 자세하게 알고 있기 때문에 쉽게 젖소 유통에 감정이입이 되었다. 낙농업을 한다면 젖소의 유방에 관해 박사가 될 수밖에 없었다. 요리사가 얼음이 수북이 올려진 철제 바트에 썰은 유통을 올려놓자 현장 선생님이 나에게 권유했다.

"낙농가 출신 팔계 미식가님께서 유통의 선도를 한번 확인해 보시겠습니까?"

도마뱀 메이드는 유통 고기를 나에게 전달했다. 유통 고기 단면에는 잘려진 유선조직이 잘 보였는데 유선관, 포도알 같은 유선포까지 굉장히 상세하게 잘 보였다. 너무 생생했다.

"...."

"상태가 어떤가요."

"…."

내가 오만가지 생각을 하느라고 대답을 안하고 있자, 옆자리 공예가 여성분이 알려주었다.

"호스트께서 상태가 어떠냐고 하시는데요."

"어, 죄송합니다. 네. 건강합니다."

그러자 옆자리 여성분도 함께 소의 유통조직을 바라보며 의아한 표정을 지었다.

"식재료에서 소의 건강 상태가 잘 보이신가요?"

"네. 고대 그리스의 히포크라테스는 유선포에 생긴 유방암 세포를 보고 게의 등딱지와 게 다리 같다고 해서 게를 뜻하는 카르키노스 즉, 캔서라고 명명했는데, 그런 암세포조차 없어 보입니다. 비록 암세포를 구워 먹어도 무해하나, 확실히 유방암에 걸린 소는 절대 아닙니다."

일단 떠오르는 대로 말했는데, 내 스스로가 무슨 말을 하고 있는지 잘 모르겠다. 내가 생각해도 너무 수의사처럼 말한 것 같았다. 손질하니까 고기 같아서 거부감은 없었으나 책으로만 보았던 유선조직을 실제로 보니 엄숙했다. 문자로 배운 것을 이렇게 해부해서 본 적은 지금 처음이었다. 하지만 내 눈에는 한낱 단순한 고기가 아니었다.

"유통의 단면을 지켜보니 염증은 하나도 없고 유선조직은 매우 깨끗합니다. 유방염에 안 걸리게 잘 관리한 젖소라고 생각됩니다. 생산량은 부족했으나 건강상 문제가 없었던 행복한 젖소였을 겁니다."

"유방조직만 보고 어떻게 생산량이 부족했다는 것을 알 수 있는가요?"

"우유 1L를 만들려면 혈액 500L가 필요하기 때문에 유방 표면에 굵직굵직한 혈관들이 매우 잘 발달되어 있어야 하는데, 이 젖소의 유통에는 유방 표면에 혈관이 잘 보이지 않는 것으로 보아 아무래도 우유 생산량이 낮아서 도축된 젖소라고 추정할 수 있던 것입니다."

나의 지식에 모두 감탄했다. 현장 선생님이 칭찬했다.

"예리하시군요. 생산량이 부족해서 도축된 젖소가 맞습니다."

"혹시."

나는 궁금했다.

"처녀수유 젖소는 이 연구소에서 하는 독자적인 기술로 알고 있는데, 젖소의 도축까지 직접 하셨던 건지요."

"제가 직접 했다면 좋았지만, 제가 하지 않았습니다. 또한, 제가 직접 도축장으로 보낸 것이 아닙니다. 유통을 얻으려고 도축하지 않았습니다. 젖소를 사육하던 외부 농장주에게 소유

권이 있었고 그에게 처분할 권한이 있습니다. 비록 고기로 처분이 되나, 안 먹는 부위는 보통 매립, 소각, 사료화되지요. 폐기 전 도축업자로부터 이 식재료를 제공받았습니다. 귀한 생명으로 만든 이 부위만큼은 폐기되는 것이 안타까워서 식재료로 활용하여 요리로 만들었습니다. ”

“그렇군요. 생산자의 입장에서 이렇게 폐기되고 있는 줄은 몰랐습니다. 또한, 식재료로 소비될 수 있다는 것은 한번도 생각을 해본 적 없습니다.”

“행복한 젖소인 것은 아는데.”

갑자기 중국인 구카이즈 씨가 나에게 질문했다.

“미식가님께서 보시기에는 젖소의 유통은 식재료가 될 수 있는 것이 맞나요?”

“포유류의 유통을 먹어본 적이 없어서 잘 모르겠으나, 우유를 생산하는 곳이니 맛이 고소하고 풍부할 것으로 보입니다. 젖소의 유통은 지방이 많은 부위로, 우유를 생산하는 유선과 지방 조직으로 구성되어 있습니다. 젖소 유통은 지방이 약 40~60% 정도를 차지하나, 사람의 유방은 지방이 60~80%를 차지하는 경우가 많습니다. 사람의 유방보다는 덜 고소하겠으나 그래도 풍부한 버터의 맛이 날 것으로 보입니다."

내 영혼 없는 설명에 모두 입맛을 다시지 않았다. 이전에 나는 암뽕 혹은 애기보라고 불리는 돼지자궁이나 돼지 난관 그리고 염통이라 불리는 심장을 먹어보았긴 했으나, 젖소의 유통은 처음이었다. 특수부위 유통업자가 적나라하게 펼친 돼지 자궁의 신선한 비주얼을 보고 놀란 적은 있었으나 먹는 것은 전혀 두렵지 않았다. 내가 두려워 하는 것은 내장 속 퓨린뿐이었다. 셰프들이 자신의 실력을 뽐내고 싶어서 미식가에게 특수한 내장을 많이 먹여서 항상 스스로 통풍에 걸릴까 봐 걱정이었다. 다만, 나는 홀스타인 젖소 유통을 고기로 먹어볼 생각 자체를 해본 적이 없었다. 유통을 식재료라고 생각하지 않았다. 항상 젖소가 유선염에 안 걸리게 신경 썼던 부위였는데,

이렇게 먹게 되니 기분이 묘했다. 젖소는 집안의 식량과 재산 그 이상이었다. 젖소는 우리 집 가족의 일원이었다.

요리사는 젖소 유통을 흰 후추로 간하고 요리하기 시작했다. 그러고 나서 중력분이 있는 바트에 넣었다. 보통 튀김에는 바삭한 튀김옷을 위해 계란물을 입히지만 계란물 없이 유통의 단면에서 새어 나오는 우유만으로 빵가루를 입힐 수 있었다. 우유물은 좀 더 부드럽고 얇은 튀김옷을 만들 수 있었다. 일단 튀김에 쓰이는 빵가루 상태는 수분감 유지가 잘 되고 있어 보였다. 빵가루는 직접 맞춤 배합한 걸로 사용하였고 디테일한 사항들까지 모두 세심하게 하고 있었다. 유통 튀김을 몇 도에서 튀기는지 잘 모르겠지만, 타닥타닥 소리가 안 나는 걸로 보아서 돈가스처럼 저온 튀김 방식을 사용하는 것 같았다. 바트에서 여열로 익히는 15분동안 모두 배고플 법하지만 모두 배고파하지 않았다. 튀김옷이 참으로 새하얬다. 요리사는 하얀 튀김에다 하얀 슈가파우더를 뿌려서 마무리하였는데, 이름하여 〈설백 우유튀김〉이었다. 제일 먼저 나는 라이너스 씨와 함께 설백 우유튀김을 받아보았다. 나는 최대한 침착함을 유지했지만 눈의 깜빡임을 멈출 수 없었고 입술이 떨렸다.

"맙소사, 난 이걸 먹을 수 없어요."

이 말을 솔직하게 말하고 싶었지만 실제로 아무 말도 꺼내지 않았다. 나는 조용히 떨리는 시선으로 사람들을 바라보았다. 사람들은 과연 내가 먹게 될 텐지 말없이 시선을 내게 고정하며 궁금해했다. 침착하게 나는 무표정으로 일관했으며 다시 현장 선생님을 바라보았다. 정말 이것을 먹어야 하는 건지 눈빛으로 말하려고 하였으나, 현장 선생님은 라이너스 씨를 약간 사랑스럽게 바라보고 있었다. 라이너스 씨의 매서운 눈빛 때문에 모두 그를 쳐다보려고 하지 않았으나 현장 선생님은 마치 그를 흥미롭게 지켜보는 것 같았다. 라이너스 씨는 냉정하게 우유튀김을 흘겨보았다.

“낙농가 사람에게 이런 걸 주다니 과연 악취미군. 나를 위한 요리라고 하여 간만에 신났더니 이런 심심한 요리일 줄은 몰랐군. 나를 심심하게 해서 어쩔 셈이지.”

“라이너스 군, 한 번 맛을 보고 평가해 보는 것이 좋지 않을까?”

현장 선생님이 특유의 부처님 미소를 지었다. 그러자 라이너스 씨는 재밌는 반응을 기대하지 말라는 듯이 아무렇지 않게 바로 나이프로 썰어서 포크로 집어 먹었다. 그동안 야만인처럼 음식을 먹었던 라이너스 씨는 갑자기 매너 좋게 행동했는데, 그는 낙농가 사람으로서 젖소의 유통을 진중하게 음미했다. 이 순간 그는 매우 신중해 보여서 전문 미식인처럼 보였다. 그는 처음으로 음식에 대한 예의를 갖추었는데, 내가 보기에는 젖소가 그에게 소중한 만큼 진중하게 음미한 것처럼 보였다. 라이너스 씨는 음식을 먹고 석류주로 입안을 헹구었다. 마치 그에게 지우고 싶은 맛인 것 같았다.

"맛있군."

라이너스 씨의 입에서 붉은 피가 흘렀다. 아니, 석류주가 주륵 흘렀다. 라이너스 씨는 입가를 냅킨으로 우아하게 닦고 감상평을 얘기했다.

"사람을 위해서 조악한 작물을 먹고 영양가 많은 우유를 생산해 주는 젖소의 유통 맛을 감히 인간이 평가할 자격은 없지. 그런데 꽃등심보다는 맛이 깔끔하고 사르르 녹는군. 정말로 우유튀김이야."

나 역시 라이너스 씨의 말에 공감이 되었다. 나 역시 맛있다고 생각했으나 이 식재료만큼은 평가하고 싶지 않았다. 내게는 평가를 할 수 없는 소중한 것을 먹는다는 느낌이 들었다. 나도 모르게 라이너스 씨를 따라 무심코 우유튀김을 먹고 있었는데 하얀 튀김은 어떻게 한 건지 계란물을 입힌 튀김보다 바삭했고, 전분으로 굳힌 우유묵 튀김보다 더 진한 맛의 우유튀김이었다. 송아지의 제4위에서 추출한 렌넷으로 굳힌 건지 치즈와 우유 맛이 나는 신기한 고기였다. 고기 요리에 슈가파우더를 뿌리는 것은 익숙한 맛은 아니나 생각보다 잘 어울렸고 맛있었다. 나는 바로 인정할 수밖에 없었다.

"제가 먹었던 우유튀김 중에서 가히 최고의 우유튀김이라고 인정할 수 밖에 없습니다."

나는 맛에 완전히 패배당했다. 나는 석류주를 마셨다. 미식에서 입안을 리프레쉬 하기 위해서 탄산수나 와인을 마시지만, 나는 맛을 완전히 잊고 싶어서 즉시 석류주로 입을 헹궜다. 완전히 우유튀김이라는 그 말에 모두 경계심이 풀어졌는지, 젓가락을 슬며시 집었다. 그들은 우유튀김을 맛보기 시작했는데, 모두 천상의 맛이라고 호평하기 시작했다. 공예가 여성분이 감탄했다.

"너무 맛있어요. 이걸 왜 아무도 안 먹는 건지 이해할 수 없네요."

"편견만 버리면 훌륭한 식재료 같아요. 첫 시도는 어렵지만 솔직해지면 될 것 같아요."

모두 일반적인 우유튀김보다 매우 풍부한 풍미가 감동적이라고 하였다. 이번 요리는 모두 긍정적으로 평가했으나, 라이너스 씨는 유통이 식재료로서 긍정적인 평가를 받는 것이 못마땅했는지 짖궂게 장난을 쳤다.

"순진한 사람들, 젖소의 우유는 혈액에서 만드는 거라고. 하얀 선지라고 생각하라고."

우유가 젖소의 피라는 말에 모두 우유튀김을 먹다가 멈칫했다. 이미 입에 들어간 사람은 조용히 꿀꺽 삼켰다. 정확히 우유는 혈액에서 영양분을 공급받아서 유선세포에서 만들어지는 것이지만 그들에겐 이미 우유가 소의 피나 다름없었다. 선지, 양, 벌집, 천엽, 간, 염통, 허파, 식도, 뇌, 오소리감투를 먹을 줄 아는 사람이라도 그렇게 솔직하게 설명을 들으면 입맛이 뚝 떨어진다.

나는 이미 알고 있는 상식이기 때문에 입맛은 떨어지지 않았다. 라이너스 씨가 짓궂은 농담을 하였지만, 굳이 정확한 사실로 정정하고 싶지 않았다. 나는 이것을 입맛 문제로 보고 싶지 않았다. 내가 아무 말 없이 음식을 먹지 않고 있자 현장 선생님이 궁금해했다.

"혹시 음식이 입에 맞지 않으셨습니까?"

"아닙니다. 굉장히 맛있습니다. 하지만 낙농업자가 젖소의 유방을 먹는다는 것은 직업성 현실성에 벗어나게 되는 요리인 것 같습니다."

유통이 굉장히 맛있는 식재료일지라도 나에게는 멀리 해야 하는 음식인 것 같았다. 일반인에게는 평범한 미식재료이겠으나, 나에게는 마치 가족의 특수 부위 고기를 먹는 것 같아서 더욱 죄책감이 들었다. 하지만 나는 이 요리를 조금 긍정적으로 바라보고 있었다.

"말씀하신 대로 폐기물로 버려지는 것보다 귀한 식재료로서 소중히 요리해서 먹는 것도 나쁘지 않다고 생각합니다."

나에게 이 요리를 비난할 이유는 없었고 오히려 칭찬해야 마땅했다고 판단이 들었다. 맛을 떠나서 소중하니까 다 먹어야 한다는 생각 밖에 들었다. 나는 두 번째 요리를 다 먹었지만 이에 관해서 말을 아꼈고, 더더욱 고향의 젖소를 볼 낯이 없는 맛이었다. 그동안 별요리를 먹어왔으나, 음식을 먹고 가족에게 미안한 마음이 드는 것은 처음이었다. 아버지 입버릇대로 젖소가 나를 키웠기 때문이었다. 두번째 요리는 모두 무난히 넘어갔다.

칙-칙-

때마침 뭔가 수증기를 내뿜으며 익혀지고 있는 소리가 들렸다. 메이드는 우리들이 두 번째 식사를 마칠 때를 맞춰서 만두를 준비하고 있었다. 우리가 식사를 마치자마자 바로 메인 요리가 증기기관차 모양의 찜기에 등장했다. 메이드가 찜기에서 만두를 3개씩 꺼내 접시에 담아서 모든 게스트에게 서빙했다. 접시 밑에는 만두가 식지 않게끔 얇은 구멍사이로 계속 증기가 올라오고 있었는데, 만두는 샤오룽바오의 형태와 유사했다. 만두는 제갈량의 남만 정벌을 위한 고사에서 유래한 요리이니, 나는 그게 어쩌면 하나의 샤오룽바오에 5가지 가축동물의 머릿고기를 다져서 만든 만두일 거라고 생각했으나 오히려 그 망상이 약한 것 같았다. 설마 고환과 난소를 다져서 만든 만두인가? 약하다. 설마 귀한 식재료라는 핑계로 시가 1,000만 원 상당의 씨수소 정액을 식재료로 활용한 걸까? 이미 한국인의 식탁에 성게의 정소, 대구 곤이, 닭 정자를 주입한 유정란은 흔한 식재료이니 씨수소의 정액은 좀 약한 것 같았다. 일단, 고기향은 내가 아는 가축동물은 아닌 것 같았다. 가운데에서는 여덟 개의 팔이 달린 요리사가 모두가 보는 앞에서 샤부샤부용 전골 육수를 끓이기 시작했다. 도마뱀 머리 메이드는 철제 서빙 카트를 끌고 오더니, 커튼을 걷어서 샤부

샤부용 생고기를 공개했다. 모두 표정이 굳어버렸다. 날카로운 쇠 갈고리에 생고기가 걸려있었는데 실험실에서 막 배양한 것 같은 생고기는 산낙지처럼 고깃결이 움직이고 있었다.

움찔움찔.

고기가 느끼고 있었다.

그야말로 활(活)고기였다. 고기에 쥐가 났는지, 마치 근육 속에서 쥐가 살아 움직이는 것 처럼 꿈틀댔다. 이제는 뇌에서 쥐가 날 것 같았다. 살아 움직이는 새빨간 생고기의 역동적인 모습에 모두 충격을 받았는지 표정이 굳어버렸다. 사실 머리가 잘려도 움직이는 먹장어와 동일한 생리학적 현상일 뿐이지만, 비위가 약했는지 그 모습을 보고 접시에 토를 하는 사람도 있었다. 모두 이런 일을 예감했는지 알아서 대형마트 하늘색 쇼핑 봉투를 가져와서 무덤덤하게 토를 했다. 요리사는 무딤덤하게 살아 움직이는 생고기를 공중에서 대패로 얇게 썰어서 각자의 전골냄비에 담아줬다. 고기의 근섬유는 썰려 있는 상태에서도 움찔댔다. 얇게 썰린 채 전골에 들어갔는데도 움찔대는 이 적색 근섬유는 도대체 어떤 고기인가? 고맙게도 현장 선생님은 전골의 고기에 대해 먼저 말을 꺼냈다.

"제 팔근육을 배양한 고기로 만든 전골과 만두입니다."

그러자 만찬회의 사람 중 몇몇은 먹지 않겠다, 참을 수 없다며 성을 냈다. 아까 얼굴이 새파래졌던 프랑스인 베르나르 씨는 요리를 바닥에 내던졌다. 다행히 멋진 청색 문양이 그려진 도자기 접시는 깨지지 않아서 옆자리 공예가 여성이 안도했다. 라이너스 씨 옆의 중국인 구카이즈 씨는 그에게 차분하게 말했다.

"베르나르, 왜 음식을 던지지? 네 고향에서는 소의 모든 부위를 잘도 먹지 않나? 소의 뇌부터 소 꼬리까지-."

"닥쳐! 구카이즈, 고작 소를 다 먹을 수 있다고 인간까지 먹을 수 있겠냐? 넌 사형이 합법인 나라에서 왔으니 사람의 귀중함 따윈 모르겠지."

그러자 구카이즈 씨의 옆자리에 앉은 라이너스 씨가 냉소를 띄며 말했다.

“베르나르, 고상한 척하기는. 안 먹으면 되잖아. 뭐 하러 음식을 바닥에 던졌지? 넌 요리사에게 예의 따윈 없구나. 넌 어설픈 위선자야. 그렇죠, 팔계 미식가님?”

모두가 나를 주목했다. 나도 라이너스 씨의 말에 동의하지만, 분위기상 모두에게 설득력 있는 말을 해줘야 할 것 같았다. 나는 지나친 관심 속에서 헛기침부터 했다.

“사실 저한테 사람 고기는 별로 놀랍지 않습니다. 저는 예전에 취재하러 갔을 때 소 눈알에 채운 미트볼과 송아지 뇌 구이, 다람쥐의 생 뇌 샐러드라는 창작 요리를 맛봤습니다. 물론 남김없이 다 먹었고요. 당연히 좋아서 다 먹은 게 아니었고, 제게는 생명이 귀중한 만큼 고기도 귀중했기에 다 먹었습니다. 못 먹겠다고 멀쩡한 음식을 던지는 것은 안타깝게 느껴졌습니다.”

"아무튼-."

베르나르 씨는 침착해진 것 같았다. "아무튼 나는 사람을 먹는 건 거부합니다. 일부 사람들이나 동물의 뇌를 먹는 거지, 난 아닙니다. 카니발리즘이 합법이라도 사람 고기는 기분이 더러워서 먹고 싶지 않습니다."

그러자 라이너스 씨는 키득거리며 웃었다.

"베르나르, 자기가 위선자라는 걸 부정하지는 않는구나. 넌 참 귀여워, 하하."

그 말에 베르나르 씨는 성난 목소리로 이 썩을 놈을 강제 퇴실시키라고 말했다. 식사 자리에서 성난 고성이 오갔다. 나는 음식 때문에 사람들이 싸우는 모습이 안타까웠다. 나는 결심했다.

"제가 여러분 대신 고기를 먹겠습니다."

일어서서 베르나르 씨가 바닥에 팽개쳐 굴러다니던 만두를 젓가락으로 집었다. 그러고는 망설임 없이 내 입에 넣고, 씹고, 맛을 느꼈다. 만찬회장의 모두가 말없이 나를 쳐다봤다. 베르나르 씨는 정적을 깨고 내게 질문했다.

"왜 바닥에 떨어진 음식을 드세요?"

나는 음식을 입에 넣은 채 약간 새는 발음으로 말했다.

"이것은 요리해 준 사람에 대한 경의입니다."

베르나르 씨는 아무 말 없이 나를 빤히 바라봤다.

현장 선생님은 나를 향해 미소 지었고, 라이너스 씨는 내가 마음에 든다면서 호탕하게 웃었다. 그는 즐거운 표정으로 고기를 먹기 시작했다. 이어서 모두가 다양한 표정으로 미식을 즐겼다. 베르나르 씨도 침묵을 깨고 말했다.

"이건 제가 먹을 테니까 당신은 당신의 요리나 드세요!"

*

모두 대부분 고기를 다 먹었다. 배불러서 다 먹지 못한 사람도 있었으며, 베르나르 씨는 불평하면서도 다 먹었다.

"기분 나쁘게 비계까지 붙어있어, 물컹거리게."

다정하게도 그는 아까 남긴 돈가스까지 달라고 해서 일부러 다 먹었다. 비계가 붙어 있다는 걸 봐선 그의 돈가스는 아무래도 상등심 부위인 것 같았다. 인간의 지방으로 만든 기름의 가열점은 몇 도까지인지 자세히 잘 모르겠으나, 튀김용으로 쓰기에 잘 안 타고 괜찮은 것 같았다. 마지막 사람까지 모두 식사를 다 마치자, 도마뱀머리 메이드가 종을 흔들며 식사종료를 알렸다.

"식사는 여기까지 마치도록 하지요."

현장 선생님은 나를 지목해 미식가로서의 진솔한 맛 평가를 요청했다. 모두가 나를 흥미로운 눈빛으로 지켜보는 것 같아 그 기대에 부응할 자신이 없었지만 나는 솔직한 평가를 내렸다.

"선생님의 팔근육에서 배양한 고기는 돼지고기와 별 차이가 없어서 신기합니다. 차이점을 말하자면, 사람 고기가 미묘하게 약간 질기고 뻑뻑한 것 같습니다. 그래서 요리사께서 얇게 썰어 만드는 샤부샤부나 다져서 만드는 만두 같은 조리법을 선택한 것 같고요. 만두를 먹었을 때 고기에서 파인애플과 배 향이 났습니다. 아무래도 요리사께서 맛있게 먹을 수 있도록 연육 작업을 세심히 하신 것 같습니다. 그 점을 제외하면, 사람과 돼지는 태초에 같은 종이 아니었나 싶을 만큼 유사한 맛입니다."

"왜 이 조리법을 사용했는지까지 정확히 맞히셨군요."

현장 선생님의 표정이 무척 무덤덤해서 나는 약간 걱정이 어린 말투로 말했다.

"맛있지만, 저한테는 돼지고기를 먹는 것이 차라리 낫습니다."

나는 계속해서 진지하게 말했다. 내 마음이 현장 선생님에게 잘 전달될 수 있도록 진심을 다했다.

“저는 낙농가 출신이라 소의 냄새에 민감합니다. 저는 소의 냄새로 수소와 암소를 구별할 수 있습니다. 소고기를 먹을 때마다 우리 집 소의 향이 나듯이, 사람 고기에는 사람의 향이 느껴졌습니다. 셰프께서 훌륭하게 요리를 해주셨지만 재료 본연의 향에서 거부감이 들었습니다. 남자인 제가 남자의 고기를 먹어서 그런 걸까요? 실제로 고기는 성별에 따라, 그리고 거세했는지에 따라, 또 출산 여부에 따라 맛이 달라집니다. 또한 어떻게 사육했고 어떻게 도축했는지에 따라 고기 맛이 달라지기도 합니다. 돼지고기와 소고기는 암컷이 더 맛있듯이, 남자보다 여자의 고기가 훨씬 더 맛있을지도 모릅니다. 일단 저는 고기 자체를 호평하기보다, 사람 고기를 처음 다뤄봤을 텐데도 좋은 요리로 만들어준 요리사의 역량에 박수갈채를 보내고 싶습니다.”

나는 현장 선생님을 진지한 눈빛으로 응시했다. 이 말만큼은 분명하고 또렷하게 전달하고 싶었다.

"솔직히 말하면, 사람 고기는 '진미'가 아닙니다. 인류의 미래가 걱정되는 맛입니다. 이상입니다."

기대하지 않았지만 박수 소리가 잔잔하게 들렸다. 모두 하나같이 내 말대로 요리사가 요리는 참 잘했지만 사람 고기가 '굉장한 맛'은 아닌 것 같다고 입을 모아 평가했다. 문득 의문이 생겼다.

"현장 선생님, 왜 사람 고기를 먹어야 하나요? 미식가 사이에 회자되는 소문과 달리, 사람 고기는 너무 평범해서 '진미'로 보기는 어렵습니다. 그저 보통의 고기에 윤리나 금기, 또는 혐오 같은 조미료를 가미했을 뿐인 것 같습니다."

모두가 곧바로 현장 선생님을 주목했다. 선생님은 묵묵히 빈 접시만 쳐다보고 있었다. 그는 정적을 깨고 나긋한 얼굴로 마침내 입을 열었다.

"사람 고기라고 말씀하시면 너무 포괄적입니다. 저는 '제 고기'를 나눠드렸을 뿐입니다. 제 고기는 진미가 아니지만 고기의 역할에 충실하며, 누군가의 허기를 채웁니다. 저는 저를 해치지 않았습니다. 저를 희생하지 않았습니다. 또한 다른 생명을 해치지 않았습니다. 이렇게 제 고기를 만들어 제가 먹고, 제 고기를 타인에게 나눠주는 것을 통해 저는 '아름다운 고기'가 되고 싶었습니다."

아무도 현장 선생님에게 이의를 제기하지 않았다. 라이너스 씨는 함구하고 현장 선생님의 말을 진지한 눈빛으로 경청했으며 베르나르 씨는 비교적 표정이 차분해졌다. 나는 조금 의아했다.

"현장 선생님은 왜 고기가 되고 싶으셨죠?"

"처음에 저는 가축을 우량화할 목적으로 돼지에게 제 유전자를 이식했습니다. 돼지에게 사람의 유전자를 이식하면 어떨지 늘 궁금했지요."

현장 선생님은 흔들림 없이 나를 바라봤다.

"제 유전자를 이식한 그 돼지는 무척 영리했습니다. 제 말을 알아듣고 의사소통이 가능했죠. 생후 5개월밖에 되지 않았을 때, 그 돼지가 인간보다 더 영리하다는 사실을 알아냈습니다."

선생님은 과거의 이야기를 들려줬다. 연구소의 돼지는 늘 현장 선생님을 빤히 올려다봤고, 선생님은 돼지를 무심히 바라봤다고 했다. 현장 선생님은 돼지를 이름 없이 '그'라고 불렀다. 그 돼지는 포유기간부터 남달랐다. 어미젖을 가지고 경쟁하는 형제 돼지들이 없는데 그 돼지는 어미돼지의 젖을 먹으려고 하지 않고 빤히 바라보기만 하였다. 그러고 나서 어미돼지와 떨어지는 자돈기간을 거쳤는데 돼지들은 보통 젖을 떼면 본능적으로 독립적인 습성이 발현되나, 그 돼지는 어미돼지의 곁을 떠나려고 하지 않고 서성였다고 한다. 마치 돼지가 어미돼지를 바라보며 생각을 하는 것처럼 보였다 보니, 현장 선생님은 돼지에게 무슨 생각을 하느냐고 질문했다. 돼지는 마치 사람 말을 알아듣는 것처럼 현장을 돌아보며 반응했다.

I Wonder If My Mother Listens To Me.

날 낳은 어미돼지에게 내 말이 들리는지 궁금했어.

돼지가 말은 안 해도 마치 돼지가 그렇게 말하는 것 같았다 보니, 현장 선생님은 돼지와 의사소통이 가능하다는 것을 추측했다. 연구소의 실험실에서 돼지에게 이것저것 테스트를 시켜본 결과, 돼지는 완벽에 가까운 정답률을 냈다고 했다. 연구소는 돼지와 정확한 의사소통을 위해서 낱말카드로 소통했다. 돼지는 종종 어미돼지를 보러 갔는데, 돼지는 이렇게 말했다.

Why I Am a Pig ?

왜 나는 돼지야?

현장 선생님은 무덤덤하게 말을 이어갔다.

"저는 그 돼지를 키우면서 혼란스럽기 시작했습니다. 그 돼지를 제 아이로 봐야 할지 혹은 그저 실험용 동물로 봐야 할지 고민했습니다. 그 돼지는 저와 함께 있는 걸 좋아했고 저를 사랑했지만, 저는 그를 먹어야 한다고 판단했습니다."

그 말을 듣고 보니 아까 먹은 돈가스에 왠지 모르게 죄책감이 들었다. 그 죄책감을 우리에게 나눠 먹인 것 같아 기분이 묘했다. 하지만 원래 가축을 기르고 먹는 것에 죄책감이 드는 건 어쩔 수 없는 일이었다. 그 죄책감 때문에 우리 고향 아이들은 도시의 아이들처럼 절대 고기를 남기지 않았다. 먹을 것이 귀해서가 아니라 생명이 귀중하다는 것을 고향 사람들은 누구보다 알고 있었다. 베르나르 씨는 이해할 수 없다는 표정으로 현장 선생님에게 말했다.

"똑똑한 아이를 왜 갑자기 먹어야 했죠?"

"제가 그것을 나와 다른 또 하나의 생명체라고 존중하더라도 영리한 그에게 돼지의 몸은 감옥 그 자체였습니다. 행복하게 키웠음에도, 총명했던 돼지는 돼지의 몸으로 할 수 있는 자살을 결정했죠. 아무리 애를 써도 돼지의 삶을 살 수밖에 없다는 걸 안 것입니다. 돼지는 스스로 외양간으로 들어갔습니다. 돼지는 따듯하고 안락한 실내를 포기하였습니다. 자신을 가축동물로 제대로 대하라는 의미에서입니다. 얼마 전부터 그 돼지는 아무것도 먹지 않기 시작했습니다. 스스로 생존을 위한 영양 공급을 차단한 거죠. 저는 처음으로 가슴이 아려왔습니다. 돼지를 통해서 내 행동에 자괴감을 느꼈습니다."

현장 선생님은 단식하는 돼지에게 맛있는 음식을 줘보기도 했지만 그는 입에도 대지 않았다고 했다. 돼지는 그저 현장 선생님을 바라보기만 했다. 이전에 돼지는 스스로 죽으려고 블러디 석류를 과다섭취를 하거나 혹은 돼지에게 독성이 들은 초콜릿과 커피를 마셨는데 스스로 죽는 것에 실패했다. 현장 선생님은 돼지를 말없이 바라보다가 돼지에게 평소처럼 낱말 카드를 주면서 소통을 시도했다. 선생님은 돼지에게 간청했다. 네가 하고 싶은 말을 꼭 해줘. 그러자 돼지는 대답 대신 입으로 낱말카드 두 장을 물어서 늘어놓았다.

Eat Me.

날 먹어.

이 이야기를 하는 현장 선생님은 쓸쓸해 보였다.

"그동안 저는 미각을 위해서 온갖 생물의 종간교잡을 해왔습니다. 인류를 위한 것이라고 여겼습니다. 저는 생물 실격일지 모릅니다. 과거에는 윤리를 비웃었지만, 윤리는 모두가 함께 더불어 살기 위해 필요하다는 걸 이 돼지를 통해 이제야 깨달았습니다. 애초에 배양육과 인조고기는 생명과 환경, 인류의 굶주림을 위해 개발된 기술이었던 걸, 제가 인류를 위한다는 핑계로 남용해 온 것 같습니다. 그래서 고기를 목적으로 그 돼지를 제 손으로 만들어냈으니, 그 의미를 되새기고자 제 행동에 책임을 지고 돼지를 도축해서 먹기로 결정했습니다. 비록 그는 식용 돼지였지만, 저는 기르면서 애정이 생겼습니다. 제가 아꼈던 돼지를 제 손으로 직접 죽여야 했을 때, 슬프기보단 오히려 죽이는 행위 자체가 무서웠습니다. 영리했던 그 돼지는 자신이 죽을 것을 예감했고, 도망치지 않고 순순히 받아들였지만 저는 무척 떨렸습니다. 돼지는 오히려 저를 격려하듯이 제 다리에 기댔습니다. 저는 결심했죠. 소중하니까 제대로 죽여야 한다고. 어젯밤 총알 한 발에 돼지가 즉사했을 때 저는 안도했습니다."

연구소의 돼지는 현장 선생님을 빤히 바라보며 발밑에 쓰러졌다. 선생님은 돼지를 무덤덤하게 바라보다가 직접 손으로 돼지의 눈을 감겨줬다. 돼지는 매우 평화로운 표정으로 누웠다. 현장 선생님은 돼지가 죽고 나서 죄책감이 들었다고 했다.

"가축이 인간의 미각을 위해 희생하는 것이 안쓰럽기 시작했습니다. 저는 그 돼지를 무척 사랑했기에 지금은 이미 늦었지만 돼지의 희생을 대신하고 싶어서 제가 돼지 대신에 직접 고기가 되고자 했습니다. 어느 누구도 가축을 위해 이렇게 희생하지 않습니다. 저는 그 돼지 덕분에, 앞으로 이런 일이 없도록 모든 생명을 위해서 바이오 연구를 하기로 결심했습니다. 저는 지난날 인류만 생각했던 제 이기적인 과오를, 제 자신이 고기가 됨으로써 참회하고 싶습니다. 어차피 여러분이 드시는 고기는 제 일부가 아닌 제 근섬유를 배양한 것일 뿐이지만 팔계 미식가께서 제 고기와 돼지의 고기를 진지하게 음미하시니 저는 기뻤습니다. 제 돼지도 기뻐할지 모릅니다. 이 자리에 제 돼지를 초대하진 못했지만, 어쩌면 제 돼지는 이 자리를 통해 제가 다시 이런 실험을 하지 않길 바랄지도 모르겠지요. 미식회 형태의 아트 퍼포먼스를 빌려 여러분께 말하고 싶습니다. 저는 앞으로는 귀중한 생명을 위해서 연구할 것입니다. 이 세상에 희생되는 가축이 없도록 바이오 식품 연구를 할 것입니다. 모두가 두려움 없이 음식을 즐길 수 있는 식재료를 개발할 것입니다. 이 자리를 빌려 여러분 모두 미래의 사육과 식재료에 대해 고찰할 수 있기를 바랍니다. 제 고기를 기꺼이 드셔주신 여러분 모두, 무척 감사드립니다."

나는 박수를 쳤다.

잔잔한 정적 속에서 나는 박수를 쳤다.

나는 현장 선생님을 아무 말 없이 바라보며 조용히 박수를 쳤다.

내가 박수를 치자 뒤이어 모두 함께 박수를 쳤다.

미식회에 참석한 바이오 예술가 모두가 박수갈채를 보냈다. 현장 선생님은 상식을 벗어난 인물이지만, 앞으로는 생명을 위해서 연구하겠다는 그의 진심이 느껴졌다. 나는 그런 그에게 계속해서 격려와 응원의 박수를 보냈다. 내 옆자리 여성은 오늘의 요리는 충격적이었지만 현장 선생님을 존경한다고 말했다. 당신은 늘 진심이니 꼭 그 목표를 이룰 것 같다는 말도 덧붙였다. 라이너스 씨는 흐뭇한 어조로 두고 보겠다고 말했고, 베르나르 씨는 '아름다운 미식회'였다면서 눈물을 훔쳤다. 아름다운 고기지만, 그렇다고 매일 당신의 고기를 매끼 먹는 것은 사양이라고 말해서 모두 웃음이 터졌다.

이런 자학적인 미식회는 내 인생에서 절대 잊지 못할 것 같다. 무엇보다도 현장 선생님에게 언젠가 가축이 아예 없는 완전한 동물농장을 만들어낼 수 있다는 가능성과 희망을 내다봤다. 그는 누구보다도 훌륭한 과학자이므로, 어떤 동물의 고기도 아닌 완전히 새로운 고기의 창조를 기대해도 좋을 것 같았다. 그때는 더 이상 가축의 생명을 희생하지 않고 원하는 만큼 신선한 고기를 얻을 수 있는 미식 생활을 할 수 있게 될 것이고, 남김없이 필요한 만큼 축산 폐기물 없이 가축에게 고기와 우유를 얻는 멋진 이세계가 펼쳐지리라. 마지막으로 현장 선생님이 말했다.

"나의 돼지의 극락왕생을 기원하고 싶습니다."

*

아침이 밝았다. 2박 3일의 취재 일정이 끝나서 연구소를 떠날 채비를 해놓았다. 내가 작은 캐리어를 끌고 문에서 나왔을 때, 베르나르 씨와 라이너스 씨가 창가에 나란히 서서 대화를 나누고 있었다. 둘이 친하지 않다고 생각했는데, 어쩌면 이 둘의 사이도 내 상식을 벗어난 것 같았다. 베르나르 씨와 즐겁게 수다를 떨던 라이너스 씨가 인기척을 느끼고 나를 불러 세웠다.

"내가 도울 것은?"

기대하지 않았던 그 한마디에 미소가 저절로 지어졌다. 라이너스 씨가 그런 말도 할 수 있는 다정한 사람인 걸 그제야 알았다. 나는 짐이 이것뿐이라서 괜찮다고 말했다. 두 사람은 나와 함께 주차장까지 같이 걸어갔다. 베르나르 씨는 궁금한 눈동자로 내게 질문했다.

"왜 당신은 미식가를 하고 있어요? 싫어하는 음식을 많이 먹어야 하니 고생이 많겠네요."

"미식가가 꿈은 아니었는데, 어쩌다 보니 그렇게 됐어요. 그저 내가 누구보다 미각이 예민한 것뿐이죠. 인생은 내가 원하는 대로 흘러가지는 않아요."

내가 베르나르 씨에게 헛웃음을 짓자, 라이너스 씨가 말했다.

"그러고 보니 궁금한 게 있는데, 네가 좋아하는 음식은 뭐지?"

나는 바로 대답하지 못했다. 그동안 미식가를 하면서 다양하고 비싼 음식을 먹어왔음에도 특별히 좋아하는 음식이 없었다. 고향을 떠난 뒤로는 아무리 먹어도 늘 배고팠다. 음식을 배부르게 먹어도 늘 부족하게 느껴졌고 쉽게 허기가 졌다. 어쩌면 내가 먹는 즐거움을 아직 모르는 것일 수도 있지만, 내가 그동안 먹어온 요리에는 부족한 재료가 단 하나 있었다. 그것은.

"아버지가 텃밭에 키운 채소와 아버지가 직접 생산한 고다 치즈를 넣은 피자를 좋아해요."

"평범하군, 내 고향의 피자가 제일 훌륭하지. 뉴욕에 오면 넌 그런 소리도 못 할 거야."

"아니요, 평범하지 않아요."

"그럼, 그 피자에 무슨 특별한 재료가 들어 있는 거지?"

나는 싱긋 웃으며 대답했다. 행복한 추억을 이야기하니 저절로 웃음이 나왔다.

"'사랑'이 들어갑니다."

"그건 진짜 재료가 아니잖아."

라이너스 씨는 내 대답에 어이없어했다. 어느새 나는 현장 선생님처럼 부처님 같은 미소를 짓고 라이너스 씨를 바라보고 있었다. 라이너스 씨는 정말 순수한 사람이었다.

"아버지가 만든 음식에는 '사랑'이라는 재료가 반드시 들어 있습니다. 아무리 훌륭한 요리사라도 그 요리에는 '사랑'이 없죠. '사랑'이라는 재료는 요리에서 무척 중요합니다. 아버지는 그 어떤 요리사보다도 내가 맛있게 먹고 건강하기를 바랐습니다. 가끔은 맛없을 때도 있었지만 아버지의 음식을 먹으면 하루 종일 아무것도 먹지 않아도 충분했죠. 사랑으로 만든 요리는 행복을 먹는 것과 같습니다."

라이너스 씨가 알 수 없다는 눈빛을 보냈다. 나는 라이너스 씨에게 조곤하게 덧붙였다.

"좋은 음식은 사람을 하루 종일 배부르게 해요."

*

운전석에 올랐다. 트렁크에는 블러드 석류 한 상자를 포함하여 연구소에서 선물 받은 농작물과 종자를 가득 실었다. 창가 너머로 현장 선생님과 메이드가 멀리서 손짓하는 것이 보였다. 현장 선생님은 무덤덤하지만 입가에 자애로운 미소를 띠고 있었다. 갑자기 베르나르 씨가 창가로 가까이 오더니, 내가 쓴 기사가 나온 잡지를 읽어보겠다고 말했다. 라이너스 씨는 자기가 서울에 가게 되면 같이 암삼겹살에 한잔하자고 했다. 그리고 이렇게도 말했다.

"언젠가 나를 네 고향으로 데려가 줘. 네 아버지가 만든 '사랑'의 피자를 나도 먹어보고 싶군."

"라이너스 씨, 당신이 가축의 희생을 대신해 생산한 유제품과 고기에도 다른 의미로 '사랑'이란 재료가 들어있긴 합니다."

라이너스 씨는 말없이 내 말을 경청했다. 내 말에 살짝 놀란 듯한 눈빛이었다. 나는 운전대를 잡으면서 계속해서 말했다.

"라이너스 씨라면 정말 환영입니다. 우리 목장으로 견학하러 오세요. 우리 고향의 산해평강 덮밥도 먹어보면 좋아요. 그리고 라이너스 씨, 우리 고향 사람들에게도 미국 낙농가의 요리를 많이 알려주세요."

나는 모두에게 미소 지었고, 라이너스 씨도 말없이 나를 바라보며 씨익 웃었다. 우리는 주먹을 맞대며 인사했다. 그렇게 모두의 배웅을 받으며 출발했다. 그날은 바람이 많이 불었지만 날씨가 참 좋았다. 사이드미러로 연구소의 모습을 바라봤다. 그 절에는 망자의 극락왕생을 기원하는 하얀 등 하나가 바람에 흔들리고 있었다.

작가의 말

미래에는 가정집에서 고기를 재배해서 먹을 수 있다고 한다. 그런데 누가 배양육 기술을 처음으로 상상했고 개발했을까?

배양육의 역사를 듣기 전에, 당신은 먹을 것이 없어서 튤립 구근을 먹어야 했던 네덜란드 귀족 소녀의 기분을 먼저 상상해 보는 게 좋겠다.

1931년 영국의 윈스턴이란 사람은 닭가슴살과 닭날개를 농작물처럼 재배하는 상상을 했다. (Winston Churchill 1874~1965)

1950년 네덜란드의 빌럼이란 사람은 실험실 배양육 기술 아이디어를 구상했다. 빌럼은 2차세계대전 중 인도네시아에서 군인으로 복무 중 일본군에게 포로로 잡혀서 굶주림으로 고생했던 경험이 있었고, 90년 평생 배양육 기술에 열정을 올렸다. 1999년 세계 최초로 배양육 국제 특허를 취득했다. (Willem Van Eelen 1923~2015)

동시에 2차세계대전에 참전한 타카시란 일본 사람도 기아를 겪었는데, 이 경험으로 자신의 머리를 떼서 먹을 것을 나누어주는 히어로 앙팡만을 만들었다. (Takashi Yanase 1919~2013) 또한, 네덜란드계 배우 오드리 헵번은 튤립 구근을 먹으면서 굶주림을 버텼다. 독일 나치의 네덜란드 점령으로 인해 2만 명의 네덜란드 사람들이 추위와 굶주림으로 사망하였다. (Audrey Ruston 1929~1993) (Hongerwinter 1944-1945)

2000년대 초, 네덜란드 정부는 위트레흐트, 암스테르담, 아인트호븐 대학에 배양육 개발을 위한 400만 달러를 투자했지만, 2009년 보조금을 삭감하였다. 다만, 마스트리흐트 대학은 익명의 투자자에게 투자금 33만 달러를 유치하여 연구를 재개할 수 있었다. 나중에 익명의 투자자는 구글 공동 창립자 세르게이로 밝혀졌다. (Sergey Brin 1973~)

2013년 8월 5일, 네덜란드에서 만든 최초의 배양육 소고기 패티 햄버거가 공개되었다. 마크라는 사람이 6년의 연구 끝에 배양육의 개념을 증명해 낸 것이고, 마크가 배양한 소고기 패티는 육즙이 없는 고기 맛이라고 평가되었다. (Mark Post 1957~)

2023년 7월 5일, 네덜란드 정부는 유럽 최초로 배양육 및 배양해산물을 먹는 것을 합법적으로 허용했고 고기 재배농업 기술에 6천만 유로를 투자했다. 그리고 오스트레일리아 기업이 매머드 고기로 만든 미트볼을 암스테르담에서 최초로 공개했으나 5000년간 존재하지 않았던 단백질의 위험성으로 아무도 선불리 맛보지 못하였다.

2차 세계대전은 1945년에 종전되었지만, 전쟁은 사람들에게 굶주림에 대한 공포를 알려주었다. 이렇게 배양육 기술에 개념조차 없었던 오래전부터 고기를 재배해서 먹겠다는 아름다운 꿈을 현실화하려는 영웅들의 노력이 있었다. 그러므로 이 이야기는 시대를 앞서가지 않았다. 배양육의 위대하고 아름다운 역사에 걸맞은 아름다운 이야기는 아니지만 음식을 소중히 여기는 마음으로 이야기를 썼다.

물론, 음식을 소중히 여기는 것도 중요하지만, 안정적으로 품질 좋은 식재료를 쉽게 구할 수 있는 환경 속에 살아가는 것이 축복이라 느끼고 있다. 나라별로 특산품이 있겠지만 농산물 품질 차이가 있어서 내가 가까운 마트에서 좋은 식재료를 구입하는 것이 전혀 당연하지 않았다. 농업 및 축산업에 종사하는 사람들에게 감사한 마음이 항상 들고 있다.

이만, 여기까지 쓰겠다.

2025년 여름.

핀란드 순록 버거와 야생 베리의 맛을 기대하며.

이세계 미식회

초판 1쇄 발행	2025년 6월 10일
지은이	리스
펴낸이	황윤재
디자인	하재
교정교열	혜로
표지그림	momong
편집 · 제작	네오시스템
펴낸곳	허밍북스
출판등록	2022년 11월 23일 제2022-000030호
주소	(42699) 대구시 달서구 문화회관11길 31, 3층
전화	053-591-1010
팩스	053-591-1075
이메일	jaeo@hmbs.co.kr
인스타그램	@humming__books
ISBN	979-11-991752-2-8 03830
값	16,800원